너무 애쓰지

않아도 삶의
괜찮은 타이밍

너무 애쓰지 않아도
괜찮은 삶의 타이밍

펴 낸 날   2026년 2월 20일

지 은 이   김태훈
펴 낸 이   이기성
기획편집   이서은, 최인용, 권희연
표지디자인 이서은
책임마케팅 이수영, 김정훈
펴 낸 곳   도서출판 생각나눔
출판등록   제 2018-000288호
주   소   경기도 고양시 덕양구 청초로 66, 덕은리버워크 B동 1708호, 1709호
전   화   02-325-5100
팩   스   02-325-5101
홈페이지   www.생각나눔.kr
이 메 일   bookmain@think-book.com

• 책값은 표지 뒷면에 표기되어 있습니다.
  ISBN 979-11-7048-981-8 (03810)

너무 애쓰지

않아도
괜찮은 삶의

타이밍

김태훈

관계·성장·일상·안전을 아우르는 때의 기술

너무 애쓰지 않아도 괜찮은 삶의 타이밍

관계·성장·일상·안전을 아우르는 때의 기술

김태훈

차례

제1장 **관계** **선은 넘지 말고, 마음은 나누고**

13

'거리 두기'와 '예의'를 강조하면서도 사람 사이의 따뜻한 온기를
잃지 않는 관계의 기술을 담았습니다.

제2장 성 장 **갓생은 힘들어도 '작심삼일'은 자신 있습니다**

61 미라클 모닝과 새벽 글쓰기의 고단함을 솔직하게 인정하면서도,
꾸준히 나아가는 성장 지상주의를 유머러스하게 표현했습니다.

제3장 일 상 **비워야 채워지는 '세신'의 미학**

111 여행, 휴식, 맛있는 음식 등 일상의 소소한 행복을 '때를 미는 것
(비움)'에 비유하여 개운한 휴식을 제안합니다.

제4장 **사 회**   **세상은 당근마켓처럼, 시선은 명품처럼**

157

공유 경제와 급변하는 사회 현상을 날카롭고도 따뜻한 시선으로 재해석한 통찰을 담았습니다.

제5장 **안 전**   **소 잃기 전에 외양간 고치는 프로 참견러**

207

화재, 사고, 건강 등 자칫 무거울 수 있는 '안전' 주제를, 미리 대비하는 삶의 지혜로 승화시켜 위트 있게 풀어냈습니다.

프롤로그

김이 새기 전에, 마음의 소리에 귀를 기울인다는 것

어느 날 아침, 평소처럼 밥을 안치는데 밥솥이 심상치 않은 소리를 내기 시작했습니다. 압력을 견디지 못한 김이 엉뚱한 곳으로 새어 나오고, 칙칙거리며 비명을 지르는 듯한 소리. 결국 밥은 설익었고, 뒤늦게 확인해 보니 작은 고무 패킹 하나가 헐거워져 있었습니다. 아주 사소한 소모품 하나를 제때 갈아주지 않은 탓에, 갓 지은 따뜻한 밥 한 그릇이라는 일상의 행복을 놓쳐버린 셈입니다.

우리의 삶과 관계도 이 밥솥과 참 닮았습니다. 마음이 감당할 수 있는 압력을 넘어서기 전, 우리 몸과 마음은 끊임없이 신호를 보냅니다. 자꾸만 날카로워지는 말투, 이유 없는 무력감, 혹은 삐걱거리는 관계의 마찰음까지. 하지만 우리는 대개 "조금만 더 버티면 되겠지."라며 그 신호를 무시하곤 합니다. 그러다 결국 압력이 터져버린 후에야 뒤늦은 후회를 합니다.

저는 20여 년간 특성화 고등학교 현장에서 학생들을 지도하며, 이 '임계점'에 다다른 수많은 아이를 만났습니다. 거친 행동 뒤에 숨겨진 아이들의 속마음은, 실은 밥솥의 김처럼 어디론가 안전하게 배출되고 싶다는 간절한 구조 신호였습니다. 그 과정에서 깨달은 것은 명확합니다. 관계에도, 교육에도, 그리고 나 자신을 돌보는 일에도 반드시 '적절한 때'가 있다는 사실입니다.

이 책 『너무 애쓰지 않아도 괜찮은 삶의 타이밍』은 바로 그 '때'에 관한 기록입니다. 다음 '브런치' 16만 명의 독자들과 나누었던 글들을 엮으며, 저는 우리가 놓치고 살았던 일상의 패킹들을 점검해 보고 싶었습니다. 작심삼일로 끝나버린 결심을 다시 조여 매는 법, 타인과의 관계에서 예의라는 적정 온도를 유지하는 법, 그리고 비워내야 할 때 과감히 덜어내는 비움의 미학을 담았습니다.

밥솥의 패킹을 갈아 끼우는 일은 번거롭지만, 그 작은 실천이 매일의 찰진 밥맛을 결정합니다. 이 책이 여러분의 지친 일상에 작은 패킹 하나를 교체해 주는 섬세한 손길이 되길 바랍니다. 거창한 변화가 아니어도 좋습니다. 오늘 이 문장들을 읽으며 '아, 지금이 내 마음을 돌봐줄 때구나!'라는 작은 신호 하나만 확인하신다면, 그것으로 이 책의 소임은 충분합니다.

이 책이 복잡한 세상 속에서 길을 잃은 누군가에게는 따뜻한 이정표가, 관계에 지친 누군가에게는 시원한 휴식이 되기를 바랍니다. 소 잃고 외양간을 고치는 마음이라도 늦지 않았습니다. 지금 이 순간, 여러분의 마음속에 쌓인 해묵은 때를 벗겨내고 진정한 나를 마주할 준비가 되셨나요?

이제, 여러분의 삶이라는 솥 안에 따뜻하고 포근한 김이 모락모락 피어나길 응원하며 이야기를 시작해 봅니다

2026. 2. 20. 김태훈

"남의 집 방화문은 닫아도, 마음의 문은 살짝 열어둘 때."

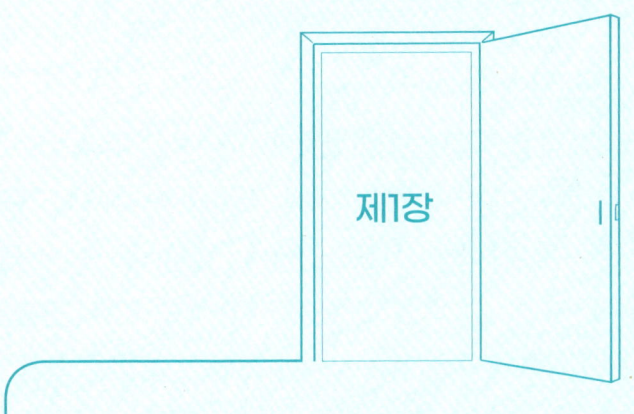

제1장

관 계

선은 넘지 말고, 마음은 나누고

'거리 두기'와 '예의'를 강조하면서도
사람 사이의 따뜻한 온기를 잃지 않는 관계의 기술을 담았습니다.

신뢰
존중

신뢰란 굳게 믿고 의지하는 것을 말한다. 무언가를 믿고 있다는 것을 뜻하기도 한다. 다른 사람의 의견을 신뢰할 수 있다는 것은 그만큼 상대방의 의견에 동의한다는 뜻이다. 신뢰라는 말은 자신에게 위해를 가하지 않을 것이라는 확신도 찾을 수 있다. 사람들 사이의 관계에서 가장 중요한 것은 상대방을 믿을 수 있는 신뢰다. 신뢰하지 못하면 함께하기 어렵다. 믿음이 없기 때문이다.

상대방을 신뢰하려면 전제가 되어야 하는 것이 있다. 공감이다. 공감하기는 쉽지 않다. 때로는 인과관계를 따져야 한다. 어떠한 상황이 발생한 이유를 찾아야 한다. 결과만 가지고 판단하기보다는 과정을 찾아야 한다. 처리하는 과정에서 생겨난 문제를 결과만 놓고 판단하면 안 된다. 많은 사람들이 결과만 놓고 잘못된 판단을 하기도 한다.

사람 사이의 관계에서 중요한 것이 있다. 서로의 거리 두기가 필요하다. 자신의 입장에서만 생각할 것이 아니다. 상대방과 자신과의 거리가 어느 정도인지가 중요하다. 사람마다 다를 수밖에 없다. 나는 비교적 가까운 관계라고 생각했는데 상대방은 그렇지 않기도 하다. 반대의 경우도 있다. 관계는 상대적인 거니까. 나의 입장만 생각해서는 안 된다.

티라미수 케이크 노래가 있다. 이 노랫말이 'T라 미숙하다.'라는 말로 들리기도 한다. MBTI의 T 성향이 다른 사람들과의 관계에 어려움을 겪는다는 것을 표현하는 말이다. T 성향의 사람들이 논리적인 것이 '사람들에게 피해를 주는 것'으로 인식하는 것은 아닐까? 하는 의문이 든다. 사람들은 논리적인 성향과 감성적인 성향이 서로 조화를 이루면서 살아간다. 개인도 그렇지만 사회도 그렇다.

자신만 생각하는 사람들도 있다. 다른 사람들에게 끊임없이 피해를 주면서 남 탓을 한다. 자기 잘못은 별거 아니라고 생각한다. 누군가에게 피해를 주면서도 자신에게는 관대하다. 다른 사람의 잘못은 과장하고 주변 사람들에게 이야기한다. 외향성이 강한 사람들은 사람들과의 관계에서 스트레스를 풀어낸다. 반대의 경우는 혼자 있어야 에너지가 충전된다. 다른 성향의 사람들도 존중할 수 있어야 한다.

오늘의 한마디

다른 사람을 존중할 수 있는 사람이 되어야 합니다.
진정한 공감은 배려와 존중에서 시작하거든요.

듣기 평가
동음이의어

듣기 평가란 언어 학습의 영역이다. 듣기 능력을 측정하는 평가다. 다른 사람의 말을 듣고 어떻게 해석하는지를 파악하는 것이다. 수학능력시험에도 등장한다. 영어를 공부할 때도 듣기 능력은 필수다. 정확하게 듣고 해석할 수 있어야 언어 능력이 향상될 수 있기 때문이다. 잘 들어야 나의 의견도 정확하게 표현할 수 있다. 정확한 의사의 표현은 듣는 것부터 시작이다.

의사소통하는 데 가장 중요한 것은 무엇일까? 경청이다. 그냥 듣는 것이 아니라 적극적으로 들어야 한다. 적극적 경청이라는 표현을 쓰기도 한다. 상대방의 이야기에 집중하고 어느 영역에 집중하고 있는지를 파악해야 한다. 상대방의 의도가 무엇인지, 어떻게 해석하고 적용해야 하는지를 집중적으로 파악할 필요가 있다. 누군가에게 도움이 되는 방법은 어떤 것이 있는지도 파악할 필요가 있다.

동음이의어는 발음이 같지만, 다른 단어를 말한다. 글자의 이름은 같고 뜻이 다르다. 아재 개그의 주된 소재다. 분위기를 썰렁하게 만들기도 하지만 어색한 분위기를 올리는 역할도 한다. 해석하기에 따라 달라지기 때문이다. 자신이 하고자 하는 말을 정확하게 전달했는지 파악하는데 동음이의어 확인은 필수다. 듣는 입장에서 달리 듣고 해석할 수 있기 때문이다.

자신의 실수를 피해 가기 위해 말장난을 하는 일도 있다. 비슷한 단어로 이야기했는데 듣는 사람이 잘못 들었다는 핑계를 대기도 한다. 자신의 실수를 감추기 위해 둘러대는 행동은 바람직하지 않다. 실수한 부분이 있다면 깨끗하게 인정하고 용서를 구하는 것이 바람직하다. 상대방을 배려하는 자세를 보여주는 것이 필요하지 않을까 하는 생각이다.

얼토당토않은 주장을 하면서 자기 뜻을 말하는 사람들이 있다. 이를 궤변이라고 한다. 누군가에게 자신의 관점을 주입하는 사람들이 사용하는 화법이다. 다른 사람에 대한 극단적 시기와 질투를 보이기도 한다. 열등감과 패배감에 사로잡혀 있는 것은 아닌가 하는 생각이다. 말장난은 그만하고 잘못한 일이 있다면 반성하고 뉘우치는 것이 먼저다. 그래야 발전할 수 있다.

오늘의 한마디

눈에 눈이 들어가서

눈이 아프면

눈을 먼저 치워야 하나요?

눈을 먼저 치료해야 하나요?

식구
가족

식구란 밥을 같이 먹는 사람을 말한다. 보통 가족을 칭하는 단어다. 식구는 한자어로 한솥밥을 먹는 사이라는 뜻이다. 그만큼 가까운 사이라는 뜻이다. 격식 없이 지낼 때도 식구라는 말이 쓰인다. 공동체의 구성원을 말할 때도 쓰인다. '우린 한 식구야.'라는 표현으로 많이 쓰인다. 가족과 같은 관계로 인식하고 있음을 나타낼 때도 식구라는 말이 쓰인다.

가족 간에도 지켜야 할 예의가 있다. 가족이라고 해서 예의와 격식이 없으면 안 된다. 물론 남들보다 못하면 안 된다. 부모와 자녀 간에도 적용된다. 자녀는 하나의 인격체로 보아야 한다. 스스로 생각하고 행동하며 주체적으로 판단하는 사람이기 때문이다. 부모라고 해서 자녀를 소유물로 보아서는 안 된다. 자녀가 옳지 못한 길로 가는 경우에는 단호하게 바른길로 안내해 주어야 한다.

사춘기 아이들은 자아를 찾아 헤맨다. 부모에게 대들기도 한다. 부모의 조언은 기분 나쁘게 듣기도 한다. 사춘기 아이들의 부모에 관한 생각은 어떨까? 아이들 스스로 선택하고 실행하는데 부모는 방해가 된다고 생각하기도 한다. 자신에게 지시만 하는 존재라고 생각하기도 한다. 사춘기 아이들은 호르몬의 변화가 심하다. 일부러 짜증을 내고 퉁명스러운 말투를 쓰는 것이 아니다. 자연스러운 현상이다.

그렇다고 해서 호르몬 변화 탓만 할 수는 없다. 내가 기분이 좋지 않다고 해서 다른 사람에게 부정적인 감정을 표현할 필요는 없다. 청소년기부터 상대방을 배려하고 존중하는 태도를 배워야 한다. 상대방을 배려하면 결국 나에게도 도움이 된다. 배려하는 삶은 사회에 긍정적인 영향을 미친다. 많은 사람이 배려를 실천하게 되면 선순환 구조를 가지고 오게 된다.

한 식구라고 하면 기쁨과 슬픔을 함께 나눌 수 있는 사람을 말한다. 좋은 일은 함께하면 배가 된다. 슬픔은 함께하면 반으로 나눌 수 있다. 나의 슬픈 감정을 공유하는 것만으로도 삶의 위안이 된다. 내가 생각하지 못한 측면으로 생각할 수 있도록 도와주기도 한다. 가족은 이 세상을 살아가는 가장 기본적인 사회집단이다. 서로를 도와주고 감싸주며 삶을 살아갈 수 있어야 한다. 가족은 언제 만나도 편안함을 느낄 수 있어야 한다.

오늘의 한마디

오늘은 한 번쯤

가족에 관하여 생각해 보는

시간을 갖기로 해요.

개인정보
데이터

순식간에 120만 명의 정보가 유출됐다. 보이스피싱이 아니다. 딥시크 이야기다. 인터넷 접속기록을 확인해 보면 딥시크가 정보를 수집하는 것을 확인할 수 있다. 개인정보를 임의로 수집하고 활용할 수 있었다. 딥시크 앱의 다운로드는 결국 차단되었다. 보완을 거쳐야 한다. 우리나라에서는 더 이상 사용하기 어려운 상황이다. 수집된 개인정보는 어떻게 활용될지 아무도 모른다.

단순한 개인정보의 수집이라면 문제가 되지 않는다. 개인정보를 수집해서 좋지 않은 곳에 활용한다면 큰 문제가 발생한다. 보이스피싱도 한 종류다. 사람들을 속여 경제적인 피해를 주기도 한다. 인공지능을 활용한 개인정보의 수집은 이제 남의 일이 아니다. 현실이다. 미리 대비하지 않으면 어떠한 피해를 보게 될지 아무도 모른다. 인공지능을 믿지 말자. 그게 답이다.

사람은 사람들과 살아야 한다. 지금은 인공지능과 함께 살아가고 있다. 인공지능 없이 살아가기는 쉽지 않은 세상이다. 곳곳에 인공지능을 활용하기 위한 데이터를 수집하고 있다. 인터넷 쇼핑몰에서 검색하는 물건 하나하나도 모두 데이터로 수집되는 세상이다. 나의 정보는 바둑판의 바둑돌이자 장기판의 장기알이다. 나의 정보관리를 잘하지 않으면 아무 곳으로나 끌려갈 수도 있다는 말이다.

　무서운 세상이다. 정보로 모든 것을 관리할 수 있는 세상이다. 사람들이 선호하는 것은 무엇인지, 싫어하는 것은 어떤 것이 있는지 알고 있다. 빅데이터는 사람들의 선호도를 모두 말해주고 있다. 사업을 할 때에도 데이터만 잘 활용하면 성공할 수 있다. 감과 촉으로만 장사를 하는 시대는 지났다. 데이터가 답이다. 데이터를 활용하는 방법을 익혀야 하는 이유다.

　자신의 개인정보는 잘 관리해야 한다. 나의 정보를 누군가 악의적으로 사용하는 경우 큰 피해를 볼 수도 있다. 미리 준비하고 대비하자. 누군가가 도용하지 않도록 인터넷 비밀번호는 주기적으로 변경해야 한다. 나의 개인정보가 담긴 파일이 있다면 암호화해 두는 것도 잊지 말자. 인터넷에 떠도는 순간 문제가 심각해진다. 그나저나 생성형 인공지능 활용해 보려고 했던 사람들의 개인정보는 어떻게 회수해야 하나 걱정이다.

오늘의 한마디

개인정보와 비밀번호
관리를 잘합시다!

셀프 브랜딩
날아라후니맴

셀프 브랜딩의 시대다. 자신을 브랜딩 하면서 만족감을 느낀다. 자신의 커리어를 높일 방안을 찾기도 한다. 자기 계발이 각광을 받는 이유다. 자기 내면을 가꾸고 자신의 능력을 키우는 방법은 쉽지 않다. 꾸준히 노력하고 사회의 변화를 찾아내는 과정에서 자연스럽게 이루어지기 때문이다. 정확한 것은 자신의 노력과 열정으로 자신을 브랜드화할 수 있다는 것이다.

브랜딩을 하기 위해서는 기획이 필요하다. 어떠한 분야의 전문가가 되기 위한 계획을 해야 한다. 어느 날 갑자기 유명해진 사람을 분석해 보자. 다른 사람이 보기에 그렇게 보이는 경우가 대부분이다. 유명한 사람은 갑자기 실력이 생긴 것이 아니다. 꾸준히 노력하고 준비한 결과다. 다른 사람들에게 티를 내지 않고 조금씩 실력을 갈고닦았기 때문이다.

자신을 갈고닦기 위해서는 어떻게 해야 할까? 방향성이 있어야 한다. 한 방향으로 꾸준히 노력하는 것이 중요하다. 하나의 주제를 두고 양쪽으로 해석하는 경우도 있다. 한 사람이 서로 다른 관점에서 이야기하는 것은 중립적으로 보일 수도 있지만 우유부단해 보일 수도 있다. 줏대가 없는 사람으로 보이게 마련이다. 자기 생각을 주장하려면 강단이 있어야 한다.

강단 있는 사람은 스스로 평가하는 것이 아니다. 다른 사람이 느끼기에 강단 있다고 판단하는 경우다. 잘 생각해 보자. 강단 있다고 말하는 경우는 어떤가? 하나의 주제에 관하여 단호하고 간결한 판단을 하는 경우를 말한다. 이렇게 대응하기는 쉽지 않다. 자신의 판단에 책임질 수 있어야 하기 때문이다. 자신의 판단이 옳은지도 생각해 보아야 한다. 필요하다면 다른 사람을 설득할 수도 있어야 한다.

잘 생각해 보면 모든 일은 다른 사람을 설득하는 것부터 시작한다. 스스로 결정을 내렸다고 해서 다른 사람들이 인정해 주는 경우는 드물다. 어떠한 이유에서 이러한 결정을 내리게 되었는지 합리적으로 판단할 수 있어야 한다. 여러 사람들의 생각도 비슷해야 가능한 이유다. 셀프 브랜딩을 하면서 보완할 점을 찾아야 한다. 자기 스스로 돌아보고 자신의 커리어를 쌓아가는데 부족한 것은 없는지 확인해 볼 필요가 있다.

저는 '날아라후니쌤'이라는 부캐릭터를 운영합니다.

학생들의 인성과 학교생활에 관한 안내를 하죠.

덕분에 다양한 공부를 하고 있습니다.

저의 셀프 브랜딩에 어떠한 점을 보완하면 좋을까요?

예의란 존경의 뜻을 표하기 위해 말투나 행동에 격식을 차리는 것을 말한다. 매너라는 표현을 쓰기도 한다. 매너는 상대방을 배려하는 데 초점을 맞춘다. 예의는 격식을 차리고 자기 말이나 행동에 신경을 쓴다는 점에서 다르다. 예의라는 단어는 웃어른을 존경해야 할 때에 사용한다. 동년배의 사람들이 예의가 없다고 하는 것은 감정싸움에 가깝다. 일명 '싸가지 론'이라고도 한다.

별일 아닌 일로 말꼬투리를 잡아 크게 해석하는 사람들이 있다. 자신에게 유리하게 상황을 이끌어보겠다는 심보다. 어떻게 하면 쉽게 자기 생각대로 다른 사람을 유도할 수 있을지를 고민하는 사람들이다. 이런 사람들과는 상종하지 않는 것이 좋다. 자신의 입장을 상대방에게 강요하는 경우가 대부분이다. 상대방에 관한 격식이나 예의는 전혀 없다고 보는 게 맞다.

자신의 마음에 들면 예의를 지키는 것이고, 마음에 들지 않으면 싸가지가 없는 것인가? 물론 사람의 마음은 그렇게 흘러가기도 한다. 마음에 들어야 좋은 말도 나온다. 긍정적인 생각은 행동으로 이어지게 마련이다. 부정적인 생각이 가득한데 좋은 말이 나오겠나? 생각해 보면 그럴 일은 없다고 보면 된다. 상대방에게서 좋은 말이 나왔다면 나에게 얻을 것이 있는지 생각해 보아야 한다. 무언가 바라는 게 있지 않을까?

이유 없이 베푸는 사람은 아무도 없다. 이타성을 바탕으로 생각하고 행동해야 한다고 하지만 나에게 도움이 되는 사람들에 관한 이야기다. 내가 아무리 베풀어도 나를 이용하는 사람들은 계속 이용하기에 바쁘다. 어찌 보면 사기를 치고 있는지도 모른다. 나의 상황을 잘 살펴보고 스스로는 어떻게 살아가고 있는지 생각해 보자. 가끔 내가 하는 일에 관한 생각도 해보자. 다른 사람에게 이용당하고 있는 것은 아닌지 말이다.

누군가에게 필요한 사람이 되고 싶은가? 다른 사람이 어떤 것이 필요한지 유심히 관찰해 보자. 답이 보인다. 사람들과 좋은 관계는 갑자기 이루어지지 않는다. "오늘부터 친구 하자."라는 이야기로 친구가 되는 경우는 이성으로 만나는 경우 외에는 없다. 조금씩 나의 빈자리를 내어줄 때 상대방도 마음을 열게 마련이다. 상대방을 존중하는 마음을 가지고 대해야 진정한 관계가 성립될 수 있다.

오늘의 한마디

간단하면서 명료한 명언이 있습니다.

"너 자신을 알라."

관 계
변 화

관계란 둘 이상의 사람, 사물이 관련이 있는 상태를 말한다. 사람들 사이의 관계는 어렵다. 관계를 만드는 것도 어렵지만 유지하기도 쉽지 않다. 좋은 관계를 만드는 것도 여간 어려운 일이 아니다. 관계는 상대적이다. 나와는 좋은 관계의 사람이 다른 사람과의 관계는 좋지 않을 수 있다. 서로의 생각이 다를 수 있기 때문이다. 다른 생각은 행동으로 이어지게 마련이다.

문제 아이의 보호자들이 공통적으로 하는 말이 있다. "친구를 잘못 만나서…."로 시작하는 말이다. 그 앞에 이런 말을 덧붙이기도 한다. "우리 아이는 착한데…."라고 말이다. 부모나 보호자에게 아이는 착하다. 당연한 일이다. 관계는 상대적이기 때문이다. 아이가 주변 친구들에게는 다른 성향을 보일 수도 있다. 친구들과 또래 집단을 형성하려면 비슷한 성향을 보여야 하기 때문이다.

3년여간 코로나19로 인한 거리 두기가 진행되었다. 지금 학교에 다니는 학생들에게는 인생의 꽤 많은 시간 동안 거리를 두는 것을 배웠다. 다른 사람과 화합하고 협력하는 것에 두려움을 가지고 있는 경우도 있다. 공동체적 의식이 다른 세대보다 부족한 면도 있다. 개인적인 성향을 두드러지게 보이는 이유다. 세대별로 생각하는 것이 다르고 문화도 다르다 보니 이 세대가 사회에 진출할 때쯤은 세상이 어떻게 바뀌게 될지 우려되기도 한다.

걱정이란 안심이 되지 않아 속을 태우는 것을 말한다. 다른 의미도 있다. 아랫사람의 잘못을 꾸짖는 것을 말하기도 한다. 걱정의 공통점이 있다. 일어나지 않은 미래의 일에 관한 생각이다. 다시 이야기하면 과거에 얽매여 있는 생각이다. 걱정으로 인해 긍정적인 해석을 하는 것은 아니다. 미래에 대한 두려움의 표현이기 때문이다. 두려움은 생각과 행동을 위축하게 만든다. 일을 하는 것도 주저하게 만들기도 한다.

사회는 변화한다. 지금까지의 패턴과는 다른 삶을 살아가기도 한다. 중요한 것은 자기 생각이다. 다양한 생각들이 모여 새로운 변화를 이끌어갈 수 있다. 좋은 관계는 하루아침에 만들어지지 않는다. 서로의 생각을 주고받으면서 서서히 가까워진다. 자주 만나면서 교감을 나누고 생각과 행동을 맞춰나간다. 이러한 과정을 꾸준히 진행해야 좋은 관계가 만들어진다. 나 혼자만 노력한다고 좋은 관계가 만들어지는 것도 아니다.

오늘의 한마디

올해부터 전국적으로 보급되어 시행되는

한국형 사회정서교육이

빠르게 뿌리내리고 적용되기를 바랍니다.

스승의 날
참되어라 바르거라

  스승의 날이다. 스승의 날은 차라리 없애라고 이야기하는 선생님들도 많다. 예전만큼 행사를 하지도 않는다. 재량휴업으로 쉬는 학교도 있다. 학교는 초토화되고 있다. 선생님이 학생에게 한 말 한 마디를 꼬투리 잡아 신고를 하기도 한다. 선생님을 아동학대로 신고하고 고소한다. 이런 경우 학교폭력 신고로도 이어진다. '오늘도 무사히'를 외치며 출근하는 선생님들이 많아지고 있는 이유다.

  '교직 탈출은 지능 순'이라는 말도 생겨났다. 교직에 들어온 지 얼마 안 되는 20~30대의 경우는 더 심각하다. 대부분의 교사는 대학에 들어갈 때 수능성적도 좋은 경우가 대부분이다. 평균 학력이 4년제 대학 졸업 이상이다. 다른 일을 하기 위해 준비하고 떠나는 경우도 많이 생겨나고 있다. 박봉인 급여도 문제다. 최근 초중고등학교에 근무하고 있는 교사들은 학생들의 교육활동을 넘어서 보육까지 신경 써야 하는 상황이다.

  올해 초등학교는 돌봄 교실 이슈도 있다. 아무도 하지 않으려는 상황에 임기제 교육연구사 제도도 등장했다. 교사가 돌봄까지 맡아야 하는 근거도 없다. 초중등교육법 제20조 4항에 의하면 '교사는 법령에서 정하는 바에 따라 학생을 교육한다.'라고 되어있다. 교사는 교육을 담당한다. 보육의 주체는 교사가 아니다. 보육뿐만이 아니다. 다양한 사건과 사고로 교직을 떠나려고 준비하는 분들이 많이 있다.

학생들의 졸업앨범에 선생님의 사진을 빼달라고 요청하는 경우도 있다. 최근 있었던 딥페이크의 피해 때문이다. 많은 교사를 비롯한 교직원들도 피해를 보았다. 사회가 변화하면서 교사와 학생의 관계에도 조금씩 변화가 생기고 있다. 사제지간의 돈독한 관계는 찾아보기 힘들다. 학생들을 업무적으로 대하게 된다. 혹시 생길지 모르는 문제가 있을 수 있기 때문이다.

시간이 흐르면 흐를수록 스승의 날의 의미는 퇴색되고 있다. 학교가 바로 서려면 교사가 행복해야 한다. 학생들도 행복할 수 있다. 어느 것이 먼저냐는 중요하지 않다. 학생과 교사가 함께 서로를 존중하고 배려할 수 있는 문화가 만들어져야 한다. 서로를 공격의 대상으로 치부하면 안 된다. 학생과 학부모의 협박과 강요로 힘들어하는 선생님들이 있다. 더 이상의 피해가 발생하지 않도록 사회적 제도를 보완해 주었으면 한다.

오늘의 한마디

스승의 은혜는 하늘 같아서

우러러볼수록 높아만 지네

참되어라 바르거라 가르쳐 주신

스승은 마음의 어버이시다

아아 고마워라 스승의 사랑

아아 보답하리 스승의 은혜

예전 스승의 날 행사를 할 때

항상 '스승은 마음의 어버이시다.' 부분의

발음과 가사가 꼬이면서 이상하게 들렸던 생각이 나네요.

전국의 모든 선생님, 힘내세요!

성년의 날
책 임

　성년이란 성인이 된 사람을 말한다. 우리나라는 19세 이상이다. 미성년자일 때 그냥 넘어가고 봐주던 일들도 성년이 되면 법적인 책임을 져야 하는 경우도 있다. 성년이 되는 날을 기념하는 날이 있다. 5월 셋째 주 월요일이다. 성년이 되면 책임이 뒤따른다. 성년이 되는 날을 축하해 주는 이유다. 자신의 선택과 행동을 조심스럽게 해야 문제가 생기지 않는다.

　초·중·고등학교를 다니는 학생들은 성인이 부럽다. 성인은 제 뜻대로 물건을 사고 휴대폰도 개통한다. 음식점에서 자유롭게 음주를 하더라도 법적으로 문제가 없다. 자유는 반드시 책임이 뒤따른다는 걸 알게 되면 부럽지만은 않게 된다. 막연하게 성인이 되면 '이렇게 해야지.'라고 생각하던 일들은 막상 성인이 된 이후에 실행하지 못하는 경우도 많다.

　전국의 많은 곳에서 성년의 날 행사를 진행한다. 내가 일하고 있는 지역의 향교에서도 고3 학생 중 신청자를 대상으로 전통 성년식을 진행한다. 오늘이다. 잠시 후에 그곳에 다녀올 예정이다. 전통 복장을 하고 전통 방식의 성년식을 직접 눈으로 본 적은 없기 때문이다. 성년식을 진행하면서 자신의 감정과 행동에 책임을 져야 하는 나이가 되었다는 것을 인식하기 바란다.

막상 성인이 되면 그리 좋지만은 않다. 하고 싶은 일이 많아도 능력이 있어야 가능한 일이다. 일정한 일을 해야 하고 수입이 있어야 한다. 가진 재산이 있어야 물건도 사고 아이들도 키울 수 있다. 아이들의 학비에 들어가는 비용도 만만치 않다. 학원비나 교재비 등도 생각보다 많이 지출된다. 내가 버는 돈을 나를 위해 사용하는 비율을 따져보면 그리 많지 않다.

책임이란 맡아서 해야 할 일이나 임무를 말한다. 자신이 벌인 일에 관한 책임은 자신이 져야 한다. 결과에 대한 의무 부담을 져야 하는 일도 있다. 책임을 진다는 것이 쉬운 일은 아니다. 행동하기 전에 다시 한번 생각하고 행동해야 하는 이유다. 이미 지나간 일들은 다시 되돌릴 수 없다. 뒤늦은 후회일 뿐이다. 행동하기 전에 세 번만 생각하고 행동하자. 실수를 줄일 수 있다.

· ·

오늘의 한 마디

전국에 성년을 맞이한 모든 분
축하합니다.

· ·

호의
지식과 지혜

호의란 친절한 마음씨를 말한다. 좋게 생각해 주는 마음을 이야기하기도 한다. 이런 말이 있다. '호의가 계속되면 권리인 줄 안다.'라는 말이다. 나는 선의로 베풀었는데 당연히 받아야 하는 권리라고 생각하기도 한다. 예를 들면 물건을 살 때마다 덤으로 무언가를 받는 경우다. 시장에서 전을 구매하면 몇 개를 더 주기도 한다. 명절이나 사람이 많을 때는 덤이 없는 때도 있다. 왠지 섭섭하다.

사람의 생각은 간사하다. 금세 상황에 적응하기도 한다. 여행을 떠나기 전에는 설렘에 잠을 이루지 못하는 경우도 있다. 여행의 시작과 동시에 익숙해진다. 여행이 끝날 무렵이면 일상으로 돌아가지 않기를 바란다. 결국 그러지도 못하면서 말이다. 일상으로 돌아오면 언제 그랬냐는 듯 바로 적응한다. 익숙함은 숙련되었다는 것을 말한다. 익숙함이 노련함과 만나면 지혜가 넘치는 사람이 된다.

지식과 지혜는 다르다. 지식은 사실을 알고 있는 것을 말한다. 지혜는 내가 알고 있는 지식을 적재적소에 활용하는 것이다. 이때 활용하는 지식은 선의로 베풀어야 한다. 호의에 가깝다. 다른 사람에게 해야 되는 행동을 하는 경우는 지혜라고 하지 않는다. 상대방을 배려하고 이타성을 바탕으로 움직여야 하는 이유다. 누군가에게 도움이 되는 일인지 잘 생각해 보고 행동해야 한다.

블랙박스 영상을 기반으로 방영하는 TV 프로그램이 있다. 차량과 부딪치지도 않았는데 넘어지고는 배상하라고 요구하는 사람들도 있다. 한술 더 떠서 폭행을 하기도 한다. 다른 사람에게 도움을 주려고 했는데 오히려 더 내놓으라고 하는 경우도 있다. '물에 빠진 사람 구해주니 봇짐 내놓으라 한다.'라는 말이다. 생명을 살려주었는데 자신의 물건까지 찾아내라고 하는 경우다.

이런 상황이 많아지면 결국 많은 사람들이 피해를 본다. 괜한 오해로 인해 피해 보는 것을 꺼리게 된다. 결국 선의를 베푸는 사람들이 줄어든다. 호의도 베풀지 않는 경우가 대부분이다. 나에게 직접적으로 관련되지 않으면 신경도 쓰지 않는다. 괜히 나만 피해 보는 건 아닐지 걱정되기 때문이다. 더불어 살아가는 세상에서 나만 생각하고 살아가는 건 아닌가 하는 생각도 들게 마련이다. 점점 더 세상은 각박해져 간다.

오늘의 한마디

누군가에게 도움이 되는 삶을 살고 싶으신가요?

나부터 남에게 피해 주는 사람이 되지 않는 것이 시작입니다.

좋은 하루 보내세요.

장 례
순 서

　어제 사회정서교육 강의를 했다. 생활지도 업무를 담당하는 선생님이 대상이다. 오늘도 다른 지역의 학교 교감 선생님을 대상으로 같은 강의를 한다. 학생들의 사회정서 역량 함양을 위해 2025학년도부터 적용되는 프로그램이다. 코로나19 이후 아이들은 놀이나 활동을 통한 소통이 부족해졌다. 비슷한 활동을 하는 시간이 몇 년 전 아이들보다 더 줄어들었다. 이로 인한 사회정서적 문제를 학교 차원에서 해결하고자 하는 노력이다.

　강의는 오후에 예정되어 있었다. 오전에 갑작스러운 비보가 들려왔다. 10여 년 전 알게 된 후로 2~3달에 한 번씩 만났던 동료다. 가끔 한잔하면서 이런저런 살아가는 이야기를 하곤 했다. 지난 월요일 저녁에도 만나기로 했다. 지난주 화요일에 전화로 대뜸 날짜, 시간, 장소까지 정하고 나오라고 했다. 이후 며칠간 전화도 잘 안 됐다. 결국 못 만났다. 엊그제 월요일 오전에 짧은 통화로 몸이 좋지 않다고 했다. 다음에 보자고 했다. 그게 마지막이다.

　사회정서는 마음 건강에 관한 내용이다. 강의 장소로 이동하며 운전하면서도 감정에 동요되지 않으려 노력했다. 강의를 들으러 오는 분들에게 나의 감정을 표현할 필요는 없었다. 사실의 전달에 초점을 맞추려 했다. 강의 진행을 마칠 때가 되었다. 요즘 학생들과 선생님들의 마음 건강과 관련한 이야기로 마무리하고 있었다. 갑작스레 더 이상의 말이 나오지 않았다. 다행인 것은 끝날 시간이 되어있었다. 부랴부랴 인사를 마치고 내려왔다.

저녁에는 장례식장에 들렀다. 함께 근무했던 사람들을 많이 만났다. 저마다의 삶이 있어 서로 만나지 못했던 사람도 있었다. 엊그제 한잔하기로 했던 사람과 문자 한 통 주고받을 수 없다. 마음이 아팠다. 무슨 일이 있는지 들어볼걸 하는 생각도 들었다. 이 세상에 오는 건 순서가 있어도 가는 건 순서가 없다. 건강관리를 해야겠다. 건강해야 무슨 일이든 할 수 있다.

한때 이런저런 고민을 함께했던 사람이 떠났다. 결국 인생은 혼자다. 옆에 있는 가족들에게 잘해야 한다. 아직 철모르고 응석 부리는 아이들도 언젠가는 알 거다. 사람은 언젠가 세상을 떠난다. 떠난 사람은 다시 돌아오지 않는다. 말하기 전에 남들에게 상처 주는 말은 아닌지 다시 한번 생각해 보고 말하자. 이미 내뱉은 말은 주워 담기 어렵다.

오늘의 한마디

오늘도 별 일없이

하루를 보내면 좋겠습니다.

동 의
상대방

동의란 같은 뜻을 가지고 있다는 말이다. 의견이나 의사를 같이 하는 것을 말하기도 한다. 다른 사람의 행위를 승인하거나 시인한다는 뜻이기도 하다. 다시 말해 동의는 상대방의 의견을 존중하고 배려하는 것을 말한다. 물론 동의한다고 해서 세부적인 내용까지 모두 같을 수는 없다. 사람마다 의미가 다르게 해석될 수 있는 이유다. 동의라는 말뿐만이 아니다. 같은 단어라고 해도 받아들이는 사람마다 다르게 느껴질 수 있기 때문이다.

사회적 동의를 얻으려면 민주주의의 가치를 이해해야 한다. 쉽게 이야기하면 구성원 중 과반수의 동의를 얻어야 한다. 이 과정에서 문제가 생긴다. 정의를 이야기하고 있더라도 동의를 얻지 못하는 경우다. 이 경우 정의임에도 불구하고 실행되지 못한다. 결과에 승복해야 하기 때문이다. 양분된 의견은 갈등의 불씨가 된다. 사회적 갈등으로 이어지다 보면 사회를 유지하는데도 문제가 생기기도 한다.

상대방의 결정은 나와 동의 없이 이루어지는 경우가 많다. 반드시 동의해야 하는 경우는 계약에 의한 경우다. 상대방이 나에게 동의를 구하지 않았다고 해서 문제가 생기지도 않는다. 절친이라고 하더라도 언젠가는 자신의 이득을 위해 원수지간이 될 수도 있다. 노선이 다르면 함께 하지 못하는 이유다. 주변 나라를 살펴보자. 미국을 중심으로 자국 우선주의로 흘러가고 있다.

내부의 문제를 해결하기 위해 신경 쓰다가 보면 외부에서 일어나는 일을 놓치게 된다. 외국의 정세는 어떻게 흘러가는지 흐름을 따라가지 못한다. 미국에서 우리나라를 민감 국가로 분류했다고 한다. 바이든 행정부에서 진행한 일이라고는 한다. 원자력 기술 협력 등 다양한 분야에서 문제가 생길 수 있다. 국제 정세를 잘 읽지 못하면 나라 전체에 불행을 가지고 올 수 있다. 이른 시일 안에 해결이 필요하다.

이번 주말도 궂은 날씨다. 갑작스레 비와 눈이 온다. 동해안에는 30cm 이상의 폭설도 예정되어 있다. 빠르게 문제들이 해결되기를 바란다. 국민의 소망은 빠르게 나라가 안정되는 것이다. 성향에 따라 양분된 정치 지형은 국민을 위한 정책을 만들어내는 방향으로 수정되기를 바란다. 최대한 빠르게 해결되고 사회적 통합이 이루어져야 한다. 시간이 필요하다.

오늘의 한마디

주말에 편하게 쉬는 날이 오기를 바랍니다.

어그로
노이즈 마케팅

'어그로'라는 말이 있다. 억지로 주목하려고 하는 상황을 말하는 단어다. 국립 국어원에 따르면 '관심을 끌고 분란을 일으키려고 인터넷 게시판 따위에 자극적인 내용의 글을 올리거나 악의적인 행동을 하는 일'을 말한다. 어그로를 끄는 일은 쉽게 찾아볼 수 있다. 유튜브 섬네일만 보아도 그렇다. 자극적인 메시지와 사진을 한번에 보여준다. 클릭을 유도하는 문구를 사용하기도 한다.

어그로는 악의적인 가짜뉴스에 많이 사용된다. 어그로 피해사례도 많이 있다. 최근 해킹을 통한 방법이다. SNS 계정에 무단으로 들어와서 엉뚱한 게시글을 올리기도 한다. 멀쩡히 살아있는 사람이 고인이 되었다는 등의 표현으로 피해를 주기도 한다. 어그로는 유명인을 사칭하는 일에 사용되기도 한다. 어그로를 긍정적으로 사용하는 방법은 없을까? 여러 사람들에게 피해를 주는 행동으로 이어지는 것은 옳지 않다.

어그로를 마케팅에 활용하는 방법이 있다. 노이즈 마케팅이다. 일단 사회적으로 이목을 집중시킨 후 마케팅을 진행하는 방법이다. 몇 년 전 롯데리아에서 '버거 접습니다.'라고 광고했던 일이 있다. 폴더 버거를 광고하던 카피 글이다. 문구만 보면 버거를 팔고 있는 롯데리아에서 버거를 팔지 않는다고 오해를 할 수 있다. 노이즈 마케팅은 이외에도 다양한 수단으로 활용된다.

유튜브를 하는 사람들이 고민하는 것이 있다. 제목과 섬네일을 어떻게 설정해야 할지 많은 생각이 든다. 섬네일과 제목도 일종의 마케팅이다. 다른 사람의 이목을 끌 수 있는 방법은 무엇이 있을지도 생각해 본다. 나만 만족하는 제목과 섬네일은 좀처럼 조회수가 늘지 않는다. 다른 사람의 입장에서 생각하고 적용해야 한다. 많은 사람들이 관심 있는 주제와 내용을 생각하고 콘텐츠로 만들어내는 것도 필요하다.

어그로나 노이즈 마케팅이 성공할 방법이 있다. 본질에 충실해야 한다. 과장광고를 하거나 전혀 관계없는 내용의 이야기를 하는 경우에는 대중의 원성을 살 수 있다. 오히려 문제의 소지도 있고, 여러 가지 공격을 받기도 한다. 다른 사람들의 이목을 집중시킬 방안을 찾되 피해를 주면 안 된다. 자신의 이익을 위해 다른 사람의 소중한 시간과 노력을 빼앗는 결과를 가지고 올 수 있기 때문이다.

오늘의 한마디

오늘의 제목은 무엇이 좋을까요?

매일 쓰면서도 고민입니다.

거짓말
프레임

만우절이 지났다. 올해는 특별한 만우절 뉴스가 없다. 삶에 여유가 없는 이유도 있다. 가짜뉴스가 많아진 이유도 있다. 가짜뉴스와 편향된 정보는 매일 차고 넘친다. 만우절에도 특별한 이벤트라고 느껴지지 않게 만들었는지 모른다. 특히 정치적으로 편향된 정보가 많다. 성향이 다른 사람들이 정치적인 이야기를 주고받으면 발생하는 문제도 많이 있다. 서로의 프레임이 다른 이유다.

일파만파 퍼지는 이야기가 있다. 5월 2일 임시공휴일 이야기다. 5월 1일은 근로자의 날이다. 공무원을 제외하고 대부분의 직장인은 쉬는 날이다. 5월 1일이 목요일이라 다음날인 2일을 휴일로 하는 것이 어떠냐? 하는 이야기다. 5월 2일이 이미 임시공휴일로 지정되었다는 이야기다. 확실한 사실은 아직 임시공휴일 지정과 관련한 논의를 한 적이 없다는 말이다.

최근 발생하는 일들을 살펴보자. 거짓말 같은 일들이 계속 일어나고 있다. 발생해서는 안 되는 일들이 계속되고 있다. 자신의 기득권을 유지하기 위해 다른 사람을 속이는 경우다. 프레임을 달리하면 다른 사람들을 속이기 쉽다. 보이스피싱으로 벌어지는 피해도 잘 살펴보면 프레임을 잘 활용하는 경우가 대부분이다. 사람들을 불안하게 만든다. 이후에 벌어지는 모든 일들에 관하여 동의하도록 유도한다.

메타인지도 같은 맥락이다. '꽃사슴'을 5번 외치고 난 후 이렇게 물어보자. "산타클로스가 타고 다니는 것은?"이라고 말이다. 정답은 '썰매'다. 많은 사람들이 '루돌프'라고 답한다. 프레임이나 메타인지는 이런 식으로 작동한다. 자신의 사고를 방해한다. 바로 직전에 진행한 프레임과 메타인지는 정상적인 사고를 하지 못하도록 유도하기 때문이다.

나와 생각이 다르다고 해서 배척할 필요는 없다. 사회는 서로 다른 의견을 가진 사람들이 모여 살아간다. 건강한 사회는 다양한 의견이 있어야 한다. 생각은 다를 수 있다. 나와 비슷한 생각이 있는 사람들도 있지만 그렇지 않은 경우도 있다. 상대방을 배려하고 지원해 줄 필요도 있다. 내 생각은 맞고 다른 사람의 생각은 틀렸다는 식의 주장은 합의점을 도출하는 데 아무런 도움이 되지 않는다.

오늘의 한마디

쉬는 날이 많아지는 건

기대하게 만드네요.

쉬고 싶다!

위트
여유

위트란 다른 사람에게 웃음을 줄 수 있는 상태를 말한다. 유머와 비슷한 의미다. 정치는 위트가 있어야 한다. 정치는 국민이 위임한 권력을 바탕으로 행정, 사법 등으로 운영하는 것이다. 국민이 여유를 가지고 정치를 바라볼 수 있어야 하기 때문이다. 정치인들이 하는 일마다 신경 쓸 필요도 없다. 국민이 조마조마하게 생각할 시간적 여유도 없는 이유도 있다.

삶에도 여유가 있어야 한다. 여유가 있으려면 익숙해야 한다. 초보운전 시절을 생각해 보자. 자동차의 각종 버튼을 파악할 겨를도 없다. 앞을 보고 핸들을 잡고 엑셀과 브레이크 페달을 조작하기에 바쁘다. 좌우에 지나다니는 차들은 생각할 새도 없다. 초보운전자가 운전하는 차량은 앞만 보고 달리는 차들이 많은 이유다. 익숙해지면 조금씩 시야가 넓어진다. 여유가 생긴다.

모든 일이 그렇다. 익숙해야 여유가 생긴다. 위트는 여유가 있을 때 나온다. 하나의 주제에 대한 프로세스를 이해하지 못하고 여유를 찾는 것은 어렵다. 여유를 가지고 위트 있게 행동하려면 어떻게 해야 할까? 오랜 기간 하나의 일에 몰두해 볼 필요가 있다. 한 분야의 전문가가 되면 어려운 문제가 발생해도 쉽게 풀어나갈 수 있다. 대처 능력이 발달하기 때문이기도 하다.

눈앞에 닥친 일을 해결하기에 급급한 경우가 있다. 그 일에 관하여 잘 모르는 경우가 대부분이다. 많은 사람들이 익숙한 단어가 나오면 그 분야에 관하여 잘 알고 있다고 착각한다. 그렇지 않은 경우가 많다. 단어의 익숙함이 주제와 관련하여 잘 알고 있다는 착각을 하게 만들기 때문이다. 다시 이야기하면 '익숙하게 많이 들은 단어'라는 말이다. 정작 그 내용에 관하여 생각해 보지 않은 경우엔 잘 모르는 것이다.

하나의 주제에 관하여 오랜 기간 생각해 볼 필요가 있다. 생각에 생각을 더하면서 깊이 있는 생각을 하게 된다. 내면의 성장은 갑자기 이루어지지 않는다. 조금씩 꾸준하게 진행하다 보면 서서히 성장한다. 누가 알려주지도 않는다. 내면의 성장을 빠르게 진행하고 싶으면 글로 생각을 정리해야 한다. 머릿속에서 떠다니는 생각을 글로 남기는 과정에서 생각이 압축되고 오랜 기간 기억되기 때문이다.

오늘의 한마디

공부를 하면 할수록
잘 모르겠다는 생각이 드는 건 왜일까요?

어린이날
메타인지

어린이날이다. 보통 초등학생까지만 어린이로 본다. 첫째는 어린이날에 해당하지 않는다고 생각하고 있다. 둘째가 어린이날이라고 용돈을 받았다. 첫째도 함께다. 한 아이만 주면 감정이 상할 수 있다. 부모로서 아이들은 항상 어린아이 같아 보인다. 일을 하려고 해도 조심해서 하기를 바란다. 길을 다닐 때도 차 조심하라고 당부한다. 그것이 부모의 마음이다.

나이가 들어도 어린아이 같은 사람들이 있다. 내면이 발전하지 못한 탓이다. 자신을 먼저 알고 다른 사람을 알면 관계 개선에 도움이 된다. 나아가 공동체를 이루는 발판이 된다. 같은 맥락에서 자신에 관하여 더 잘 알아야 한다. 내가 좋아하는 것은 무엇인지, 싫어하는 것은 무엇인지를 알아야 한다. 메타인지다. 메타인지란 내가 아는 것을 알고 모르는 것도 아는 것을 말한다.

소크라테스나 공자님도 비슷한 이야기를 했다. 메타인지라는 표현을 쓰지 않았을 뿐이다. 나를 알아야 부족한 것을 채울 수 있다. 공부를 할 때도 마찬가지다. 어떠한 것이 필요한지, 부족한 것은 무엇인지, 공부해야 할 지식은 어떤 것인지를 명확하게 파악해야 한다. 무식하게 자료만 쌓아놓고 '외워야지' 해봐야 지식은 늘지 않는다. 자신에게 필요한 것부터 순서대로 하면 된다.

체계적으로 공부를 하는 것은 쉽지 않다. 자신에게 필요한 정보를 전략적으로 수집해야 하기 때문이다. 누군가에게 도움이 되고 싶다면 자신이 가지고 있는 능력을 알아야 한다. 어떻게 하면 다른 사람에게 도움을 줄 수 있을지를 확인할 수 있을지를 생각해 보면 된다. 결국 자신이 발전하는 방법은 이타성을 바탕으로 생각하고 행동하면 된다.

오늘은 어린이날이자 부처님 오신 날이다. 때문에 내일 하루를 더 쉰다. 겹경사가 아닐까 싶다. 어린이들에게 자신의 내면을 발전할 기회를 주어야 한다. 꿈과 희망을 품고 미래를 준비할 수 있어야 한다. 그러려면 안전한 나라를 만들어주어야 한다. 어린이는 마음 놓고 꿈을 꾸어야 한다. 그 꿈을 달성하기 위해 끊임없이 노력하는 사람이 될 수 있으면 좋겠다.

오늘의 한마디

즐거운 어린이날 보내세요.

반칙
쇼트트랙

2025 하얼빈 아시안게임이 열리고 있다. 우리나라는 쇼트트랙에 강점을 보인다. 쇼트트랙 500m에서 중국의 린샤오쥔은 금메달을 차지했다. 영상을 리플레이 해보면 반칙을 의심케 하는 동작을 확인할 수 있다. 3위로 달리던 동료 선수가 엉덩이를 밀어주었다. 자신은 4위로 뒤처지게 되었지만 결국 린샤오쥔은 1위로 들어오게 된다. 계주가 아닌 이상 밀어줄 이유는 없는 경기다.

반칙으로 인해 문제가 생기는 경우가 있다. 자신의 입장만 생각하고 상대방의 입장은 고려하지 않기 때문에 일어나는 일이다. 반칙으로 가져간 승리로 인하여 원칙대로 준비한 선수만 피해를 본다. 해당 경기를 위해 노력한 피와 땀은 허사로 돌아간다. 자신의 이득을 위해 반칙까지 서슴지 않는 행동은 사라져야 한다. 많은 사람들이 함께 살아가기 위해 지켜야 하는 일이다.

사회의 여러 부분에서 아직도 개선될 영역들이 많이 있다. 최근 논란이 되는 기상캐스터 간의 문제들도 그렇다. 직장 내 괴롭힘도 결국 자신의 이득을 위해 다른 사람을 괴롭히는 문제다. 다른 사람은 생각하지도 않고 자신의 이득만을 앞세운다. 자신의 실수는 별것 아닌 거로 생각하고 다른 사람의 실수는 큰 잘못이라고 여기저기 떠들고 다니는 사람들도 있다.

사회는 다른 사람들과 함께 살아가는 곳이다. 털어서 먼지 안 나는 사람 없다. 사람이 살아가다가 보면 실수는 당연히 할 수 있다. 너그럽게 용서해 줄 필요도 있다. 실수가 아닌 고의라면 책임을 물어야 한다. 다른 사람에게 위해를 가하거나 반칙으로 인한 피해를 본 사람이 있을 수 있기 때문이다. 다른 사람들에게 피해를 주어서는 안 된다.

동계 스포츠를 지켜보면서 엘리트 체육을 준비하는 선수들의 노력에 관한 생각을 해본다. 선수들은 하나의 목표를 향해 매일 노력해 왔다. 한 번의 실수는 또 다른 기다림을 낳는다. 목표를 성취하기 위해 말로 표현할 수 없는 노력을 해왔을 것이다. 반칙으로 다른 사람에게 가야 하는 기회를 빼앗아 가는 행위는 하지 말아야 한다. 나에게도 남에게도 소중한 기회이기 때문이다.

오늘의 한마디

최선을 다신 선수들 고생 많으셨습니다!

입춘
봄
—

　입춘이다. 입춘은 새해의 첫 절기다. 봄의 시작을 알린다. 올해는 입춘에 강추위를 맞이한다. 낮에도 0도 안팎의 기온을 보인다고 한다. 아직은 겨울이다. 이제 봄을 향해 달려간다는 뜻으로 이해하면 된다. 지난주 내린 눈이 아직 녹지 않는 곳도 있다. 추위로 인해 다른 피해가 발생하지는 않을지 걱정이다. 어떤 것이든 해석하기 나름이다.

　24 절기는 태양을 기준으로 계절을 구분한다. 대표적으로 봄에 관한 절기를 살펴보자. 우수는 비가 내리고 싹이 튼다고 한다. 좀 이른 감이 있다. 경칩에는 만물이 겨울잠에서 깨어난다. 춘분이 지나면 낮이 길어지기 시작한다. 청명이 있는 4월 초에는 봄 농사를 준비해야 한다. 농사일을 준비하기에 24 절기는 많은 역할을 한다. 이미 겨울의 절기는 모두 지나고 봄 절기가 시작되었으니, 겨울과 이별하는 일만 남았다.

　같은 상황이라도 해석에 따라 대처법이 달라질 수 있다. '원영적 사고'가 그렇다. 팔리던 빵이 내 앞에서 모두 팔려서 잠시 기다려야 한다면 어떻게 할 것인가? '운이 없게도 빵이 모두 팔렸네' 라고 할 것인가? 아니면 '운이 좋게도 갓 구운 빵을 얻게 되었지 뭐야?' 라면서 잠시 기다리는 것을 택할 것인가? 선택은 자유다. 긍정적인 생각은 긍정적인 행동으로 발현된다.

생각하기에 따라 모든 것이 달라진다. 하루의 일과도 바뀐다. 긍정적으로 생각하면 에너지도 넘쳐난다. 나에게 필요한 에너지로 바뀌기 때문이다. 괜한 부정적 생각으로 자신의 신체리듬을 망칠 필요도 없다. 누군가에게 도움이 될 수 있는 방향으로 해석하면 그만이다. 다른 사람에게 피해를 주는 행동은 삼가야 한다. 조금만 배려하고 소통하면 대부분의 갈등은 해결될 수 있다.

날씨가 춥다. 춥다고 방안에만 있지 말자. 집 주변을 10분이라도 걷자. 신체리듬을 찾을 수 있다. 추위를 버틸 수 있도록 따뜻한 옷으로 무장을 할 필요도 있다. 추운데 옷도 따뜻하게 입지 않으면 건강에 적신호가 올 수 있다. 미리 대비하고 준비하자. 건강은 건강할 때 지켜야 한다. 손을 잘 씻고, 환기하는 것도 잊지 말자. 겨울철 호흡기 질환은 개인위생 관리부터 시작한다.

. . . .

오늘의 한마디

몸살감기로 힘드네요. 감기 조심하세요.

. . . .

인권
관점

세뱃돈을 준비할 때 금액만 신경 쓰면 안 된다. 신권이 필요하다. 빳빳한 새 돈 말이다. 새 돈으로 세뱃돈을 주면 주는 사람도 기분이 좋고, 받는 사람도 기분이 좋다. 미리 은행에서 신권으로 바꿔두어야 한다. 새 돈은 미리 준비하지 않으면 구할 데가 없다. 마지막으로 휴게소가 있다. 은행별로 지정된 휴게소에서 신권을 바꿔주는 행사를 진행한다고 한다. 좋은 소식이다.

신권을 받으면 기분은 좋다. 지갑에 들어가 있으면 그 돈이 없어질 때까지 기분이 좋다. 지갑 속에 신권과 구권이 있으면 어떤 것부터 사용할까? 구권부터 사용한다는 사람이 조금 더 많다. 지갑 속에 신권이 들어있으면 기분이 좋다는 이유다. 신권부터 사용하면 어떨까? 쓰는 사람도 기분 좋고, 받는 사람도 기분 좋다. 사용하는 금액은 신권이나 구권이나 같다. 생각은 관점의 차이다.

조금만 생각을 바꾸면 삶이 달라진다. 관점을 조금만 바꾸어도 새로운 세상이 보이는 이유다. 상대방의 관점에서 생각하면 나에게 다시 돌아온다. 항상 자신의 이득만 생각하는 사람들이 있다. 일부 사람들을 배척하고 생각이 다르다는 이유로 매도하는 사람들도 있다. 상대방과 다른 관점에서 생각하면 자신과 생각이 다를 수 있다. 생각이 다른 것은 당연하다. 오히려 다른 사람의 생각이 나의 그것과 같은 것이 이상한 것 아닐까?

평일에 술을 마시면 안 되는 회사도 있다. 업무를 하면서 숙취로 인하여 일 처리의 문제가 생기는 경우도 있기 때문이다. 긍정적인 평가가 있다. 반면에 직원 간의 신뢰 관계를 존중하지 않는다는 평가도 있다. 효율적인 업무처리를 방해하는 지침이라고도 한다. 사람들이 일하는 패턴은 크게 두 가지다. 낮에 일하는 사람과 밤에 일하는 사람이다. 밤에 일하는 스타일은 정치에 가깝다. 험담이 많기 때문이다.

같은 지침도 바라보는 관점에 따라 달리 해석된다. 누구에게 유리하고 불리한지는 관점에 따라 다르다. 유튜브 등의 개인 방송도 성향이 나뉜다. 수십 또는 수백 가지의 의견이 있는 것처럼 보이지만 관점은 수십, 수백 가지가 아니기 때문이다. 다양한 관점으로 세상을 바라보고 해석할 수 있어야 한다. 나는 맞고 너는 틀렸다는 식의 접근은 사회의 부정적인 면을 강조할 뿐이다.

오늘의 **한마디**

새 돈으로 바꾸러

휴게소를 들러야겠네요.

호두과자랑 아이스 아메리카노도

먹고 싶네요.

5월
연 휴

　5월의 시작과 함께 연휴다. 날씨가 오락가락한다. 비가 오다가 맑다가 다시 비 예보가 있다. 비 소식에 기온도 오르락내리락한다. 비교적 따뜻해진 날씨에 야외 활동을 계획하는 경우도 많다. 건강 관리를 잘할 필요가 있다. 큰 일교차는 몸의 면역체계를 깨는 경우가 많기 때문이다. 연휴가 진행되면서 캠핑을 떠나는 분들도 많다. 야외 활동을 하면서 건강관리도 힘쓰자.

　5월은 다양한 행사가 많다. 기념일만 해도 엄청나다. 어린이날, 어버이날, 스승의 날, 부처님 오신 날 등등이다. 부처님 오신 날과 어린이날 덕분에 하루 더 쉬게 된다. 좋은 일이다. 다양한 기념일로 인해 지출도 많다. 아이들 선물을 시작으로 부모님 선물이 필요하다. 식사하는 것도 고려해 보아야 한다. 쉽지 않은 일정이지만 1년에 한 번이다. 평일이라 진행이 어려우면 주말에 일정을 잡아 진행하기도 한다.

　캠핑을 즐기는 이유는 무엇일까? 자연을 느끼기 위해서일까? 날씨가 좋을 때, 캠프장을 가면 사람들이 많다. 오히려 힐링에 방해가 되는 경우도 있다. 몇 년 전, 떠난 캠핑에 옆 텐트에 온 3명이

밤새 떠드는 통에 잠을 못 자기도 했다. 주변 사람들에게 민폐 되는 행동은 삼갔으면 한다. 캠핑장마다 매너 타임을 두기도 한다. 일부 캠핑장은 잘 지켜지지 않는다. 성숙한 시민의식이 필요하다.

요즘 지어지는 캠핑장은 구도가 조금 다르다. 최근 오픈하는 캠핑장은 개수대와 화장실이 사이트마다 있는 경우도 있다. 각각의 공간이 분리되어 있어 조용한 캠핑을 즐길 수 있다. 쉬려고 캠핑을 왔는데 다른 사람들로 인해 민폐를 끼치는 일도 있기 때문이다. 가격이 비싼 것이 흠이긴 하다. 비용을 감당하고라도 조용한 캠핑을 원한다면 이런 곳에 다녀오는 것도 좋지 않을까 싶다.

하루하루 새로운 미래를 맞이한다. 나에게 주어진 오늘은 누군가에게는 희망이었음을 깨달아야 한다. 캠핑을 가는 주된 목적은 불편함을 느끼는 것이다. 불편함을 느끼면 집이 소중한 것을 안다. 내가 살고 있는 집이 얼마나 좋은 장소인지를 몸소 체험할 수 있다. 다양한 경험이 바탕이 되어야 한다. 생각하는 관점이 다양해지고 세상을 바라보는 시야가 넓어지기 때문이다.

오늘의 한마디

좋은 휴일 보내세요.

가끔 '좋은 휴일 되세요.'라고 쓰는 분 계신데요.

어법에 맞지 않는다고 합니다.

"새벽 5시, 알람 소리에 욕하면서도 펜을 잡는 이유."

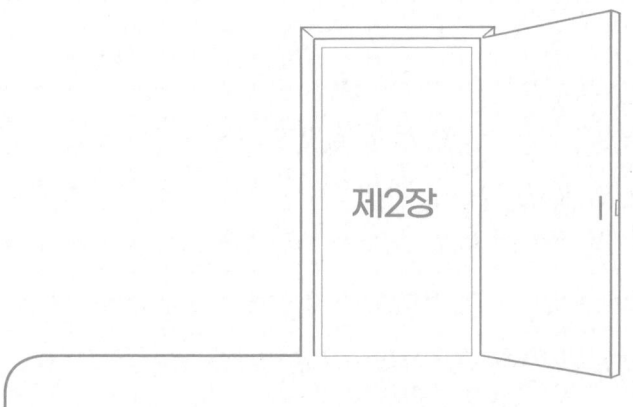

제2장

성 장

갓생은 힘들어도
'짝임암일'은 까인 있습니다

'거리 두기'와 '예의'를 강조하면서도
사람 사이의 따뜻한 온기를 잃지 않는 관계의 기술을 담았습니다.

1월 1일
생 일

　새해 첫날이다. 새로운 한 해가 시작되었다. 사실 어제와 오늘 크게 달라진 건 없다. 연도가 바뀌었을 뿐이다. 올해는 유난히 조용히 새해를 맞이했다. 카운트다운을 알리는 축제도 진행되지 않았다. 지자체별 타종 행사도 생략되었다. 작년 12월 계엄으로 시작된 분위기는 항공기 사고로 인하여 더욱 엄숙해졌다. 국가 애도 기간으로 선포되기도 했다. 근래 들어서 이렇게 새해를 맞이한 날은 없지 않을까 싶다.

　2025년의 시작은 이렇게 조용하게 맞이했다. 많은 사람들이 차분한 마음이다. 국가 전체에 심각한 문제가 생겼다. 일부는 수술해야 하고 살을 도려내야 한다. 지금 해결하지 않으면 더 큰 문제가 생길 수도 있다. 일반 국민이 감수해야 할 고통도 이만저만이 아니다. 새로운 해에는 많은 고통스러운 일들이 해결되기를 바란다. 많은 사람들에게 좋은 기운이 가득한 한 해가 될 것이다.

　새로운 한 해가 시작되면 저마다 새로운 계획을 세우기도 한다. 매년 그래왔다. 계획대로 진행된 것이 있는지 살펴보면 일부는 달성되기도 하고, 일부는 기대에 못 미치기도 했다. 올해의 계획을 세우면서 작년에 달성하지 못한 계획이 있다면 보완해서 진행하는 것도 좋은 방법이다. 자기 자신과의 약속은 반드시 지키려고 노력할 필요가 있다.

긍정적인 생각은 긍정적인 결과를 가지고 온다. 길게 두고 생각해 보아야 한다. 눈앞의 이익만 생각하면 답이 없을 때도 있다. 긍정적으로 기대하면 반드시 긍정적인 결과가 다가온다. 지금이 아니어도 언젠가는 이루어진다. 시간이 필요할 뿐이다. 계속해서 노력하면 목표는 달성할 수 있다. 다양한 시도를 해보면서 자신을 다듬고 실력을 키워야 한다. 이런 일은 시간이 해결해 준다.

1월 1일이 생일이다. 1월 1일에 태어난 많은 사람들은 생일을 잘 챙기지 못한다. 가족들과의 조촐한 파티라면 모를까 생일파티를 하는 것도 쉽지 않다. 언젠가부터 생일에 미역국을 먹지 않는다. 대신 떡과 만두를 넣은 국을 먹는다. 가족들이 새해 첫날부터 미역국을 먹는 것은 아니라고 생각했다. 누군가에게는 나의 행복을 강요하는 것은 아닐까 하는 생각에서다.

오늘의 한마디

새해 복 많이 받으세요.

8760
1 월

새해가 밝은지도 얼마 되지 않았다고 생각했다. 1월도 벌써 3주의 시간이 나가고 있다. 무섭게 지나간다. 그동안 올해의 계획을 세우고 실행에 옮기고 있는지 체크해 볼 필요도 있다. 하루의 일과를 어떻게 설정하고 진행하는지도 계획하고 실행해야 한다. 삶의 주관은 자신이 가져야 한다. 주관적인 삶을 살아야 자신의 일상도 관리가 가능하다.

1년은 365일이다. 하루가 24시간이니 1년은 8,760시간이다. 매시간이 소중하다. 허투루 써버리는 시간이 있으면 안 된다. 올해는 1주에 1권씩 읽기로 했다. 매일 1권씩 읽는 날도 있었는데 쉽게 지친다. 책의 내용이 어떤지 기억이 잘 나지 않기도 한다. 1주에 한 권씩 읽더라도 기억에 남게 읽어야겠다. 독서는 깊은 생각을 가능하게 해준다. 독서가 중요한 이유다.

삶을 미리 살아본 사람은 아무도 없다. 미래는 예측하기 어렵다. 미리 대비하고 준비할 수는 있지만 정확하게 어떻게 흘러갈지 알고 있는 사람은 아무도 없다. 미래를 맞이할 준비를 해야 한다. 준비가 된 상황과 그렇지 않은 상황은 차이가 있다. 어떻게 하면 준비된 미래를 맞이할 수 있을까? 자신의 과거와 현재를 최대한 가깝게 파악해야 한다. 자신의 존재를 정확하게 알고 있어야 과거, 현재, 미래의 자신을 파악할 수 있다.

메타인지가 필요한 이유다. 자기 능력이 어떤지를 정확히 파악해야 한다. 소크라테스가 이야기했다. '너 자신을 알라.'라고 말이다. 하나 더 있다. '내가 아는 것은 내가 모른다는 것이다.'라는 말이다. 내가 알고 있는 것을 알고 모르는 것도 무엇인지 알아야 한다. 자기 능력을 어떻게 발휘할 것인지도 파악해 볼 필요가 있다. 쓸데없는 곳에 에너지를 낭비할 필요는 없기 때문이다.

미리 자신이 할 수 있는 일을 파악하는 것만큼 준비된 자세는 없다. 자신을 과대평가하면 실망감만 늘어날 뿐이다. 자기 능력을 정확히 파악하고 활용할 수 있어야 한다. 누군가에게 도움이 될 수 있는 사람이 되는 방법이다. 메타인지를 충분히 활용해서 다른 사람에게 도움을 줄 수 있는 사람이 되어야 한다. 이타성의 발휘는 시간이 흐르면 나에게 다시 돌아오기 때문이다.

오늘의 한마디

1월에 할 일….

마감일 전까지 해야 할 일이 많네요.

만보기
건강관리

만보기 앱이 유행이다. 하루에 걷는 걸음 수에 따라 포인트를 준다. 일정한 장소에 가면 포인트를 더 얻기도 한다. 얻은 포인트로는 물건을 사거나 현금으로 바꿀 수도 있다. 스마트폰에 앱만 설치하면 만보기의 활용이 가능하다. 디지털 만보기를 활용한 참신한 방법이 등장했다. 자동차 보험에 걸음 수에 따른 할인을 해준다. 사람들이 걷는 데 집중하면 차량의 이용을 그만큼 덜 하게 된다. 자동차를 덜 이용한다는 뜻이다.

주기적으로 건강관리를 해야 한다. 특히 40대 이후에는 조심해야 한다. 비만, 고지혈증, 고혈압 등을 잘 관리하지 못하면 돌이킬 수 없는 상황을 맞이할 수도 있다. 일교차가 큰 겨울철에 더 관리를 잘해야 한다. 건강을 관리하려면 생활 습관에 신경을 써야 한다. 특히 식습관이 중요하다. 인스턴트 음식은 최대한 줄여야 한다. 잡곡과 채식 위주의 식단도 좋은 방법이다.

건강을 위해서는 운동도 필요하다. 하루의 일정 시간은 규칙적인 운동을 하는 것도 필요하다. 루틴을 설정하고 그대로 실행하는 것도 좋은 방법이다. 시간이 지나면 루틴은 습관이 된다. 습관이 된

루틴은 의도하지 않아도 실행이 가능하다. 힘을 덜 들여서 작업을 할 수 있기 때문이다. 건강한 신체는 평소의 습관에서 만들어진다. 어느 날 갑자기 만들어지는 것이 아니다.

흡연하고 있다면 바로 끊어야 한다. 담배는 백해무익하다. 사람은 호흡기에 문제가 생기면 바로 사망한다. 흡연은 호흡기에 직접 발암물질이나 유해한 성분을 공급한다. 평소 많은 음주를 하고 있다면 줄여야 한다. 술을 마시게 되면 간에서 독소를 해소한다. 간에 무리가 생기면 전체적인 신체 균형이 깨지기 쉽다. 주기적인 운동과 금연, 금주가 병행되면 건강한 신체에 더 가까워질 수 있다.

올해도 벌써 2달이 지나간다. 1/6이 지난 시점이다. 계획한 일들은 잘 진행되고 있는지 확인할 필요도 있다. 지금까지 진행되고 있지 않은 일들이 있다면 실행에 옮기자. 올해 달성하지 못하면 내년까지 실행하면 된다. 장기 프로젝트로 하나하나 달성해 나가면서 성취감을 느끼면 된다. 자신에게 감추어진 잠재력을 끌어내려면 실패를 두려워해서는 안 된다. 목표 달성은 여러 번 실패해야 가능하기 때문이다.

· ·

오늘의 한마디

오후에 주변 산책 좀 하고 들어와야겠어요.

하루에 만 보만 걸읍시다.

· ·

인사는 할 때 해야 한다. 인사를 해야 할 때 하지 않으면 관계가 애매해진다. 쭈뼛쭈뼛하다가 호칭도 애매해지고 결국 관계까지 틀어진다. 때가 있다. 인사를 하는 것도 때가 있고, 사과를 하는 것도 때가 있다. 사과는 잘못을 인지했을 때 바로 해야 한다. 잘못한 것을 모르거나 인지를 한 달 뒤에 한다면 그때라도 해야 한다. 잘못한 것을 인지하는 것이 한 달 걸리면, 받아들이는 상대는 그만큼 떨어진다고 생각하게 마련이다.

자신이 한 말이 부메랑이 되어 돌아오는 경우가 있다. 기회주의적으로 상황을 판단하는 경우 이렇게 된다. 지금은 이렇게 해석했다가 상황이 바뀌면 반대로 해석하는 식이다. 무조건 우긴다. 여기저기서 공격을 받고 난 후 화제를 돌린다. 한 달 전에 해야 할 사과를 하는 식이다. 오히려 어린아이들의 인성이 더 좋지 않을까 하는 생각이다.

자신의 이득을 위해 다른 사람을 이용하는 사람들이 있다. 악하다. 주변 사람들에게 엉뚱한 해석으로 다른 사람을 호도하고 음해한다. 자신의 의견에 동조하지 않는 사람이 있다면 함께하지 못한다는 취지의 말도 한다. 프레임의 힘은 무섭다. 같은 내용의 해석을 프레임에 따라 반대로 할 수도 있다. 결국 프레임은 누구의 이득이 우선인가에 달려있다.

어떠한 생각을 가지고 행동했는가도 중요하지만, 누구에게 도움이 되는 일인가도 중요한 주제다. 히틀러도 자신의 이득을 위해 생각하고 행동했다. 결국 자신의 이득을 위해 많은 사람들이 희생되었다. 다른 사람들을 위한 일인지를 파악해야 한다. 어떠한 일을 할 때는 이타성을 바탕으로 생각하고 추진해야 한다. 자신의 행위를 정당화하기 위해 인과관계를 거스르고 자신이 조각해서는 안 된다.

사회 대부분의 문제는 자신만 생각해서 일어난다. 다른 사람을 생각하고 행동해야 한다. 약간의 시간이 필요할 뿐이다. 시간이 흐르면 다시 나에게 돌아온다. 장기적으로 보아 발전할 수 있는 길은 다른 사람을 먼저 생각하고 행동하는 것이다. 모든 해석을 자신은 제외하고 하는 사람들도 있다. 소시오패스, 사이코패스 등등 다양한 사람들이 있다. 결국 다른 사람을 생각해야 한다. 함께 살아가는 세상이기 때문이다.

오늘의 한마디

모두 다 때가 있습니다.

-○○ 사우나

고수
기술

고수는 수가 높은 사람을 말한다. 동음이의어로 식재료나 연기자의 이름을 떠올리기도 한다. 하나의 일에 집중하고 오랫동안 일하면 자연스럽게 고수가 된다. 1만 시간의 법칙은 어느 한 분야의 전문가가 되기 위한 시간을 말한다. 한 분야의 전문가가 되면 그 영역을 알지 못하는 사람들이 모르는 여러 가지 기술을 쓸 수 있는 능력을 갖춘다. 새로운 기술을 접할 수도 있다.

얼마 전 음주 운전을 한 가수가 있었다. 음주 운전을 하고 사고를 냈음에도 모르쇠로 일관했다. 잡아떼기식 우기기 전략이 들통나자 여러 사람들이 피해를 보았다. 이후 음주 운전에 걸리면 비슷한 수법으로 상황을 모면하고자 하는 사람들이 넘쳐났다. 뉴스에서는 이러한 상황을 보도하며 모방범죄라는 표현을 쓰기도 했다. 대중들에게 알려지면 잘못된 신호를 줄 수도 있다. '이러면 피할 수 있구나!'라고 말이다.

대한민국은 법치국가다. 잘못한 일이 없다면 떳떳하게 조사를 받으면 된다. 평생을 법과 관련한 일을 해왔던 사람에 대해 실망이 이만저만이 아니다. '이런 것들도 있었나?'라고 생각되는 다양한 법

기술들이 등장하고 있다. 잘 적어두고 기억해 두어야 한다. 국민도 모두 쓸 수 있는 방법임에도 적극적으로 알리지 않아 모르고 있는 경우도 있기 때문이다.

대한민국의 주권은 국민에게 있다. 모든 권력은 국민에게서 나온다. 국민이 잠시 위임해 준 권력을 자신의 안위를 위해 사용하면 안 된다. 거짓말을 계속하다 보니 이제는 자신의 주장을 부정하는 이야기도 나온다. 어찌 보면 이제는 돌이킬 수 없는 강을 건넜는지도 모른다. 조금의 안쓰러움을 느끼던 사람들도 등을 돌리기 시작했다.

하나의 일에 익숙해지는 것은 좋은 일이다. 달인의 경지에 오르면 못 할 일이 없다. 밀가루 반죽의 중량을 측정하지 않고도 손으로 정확하게 무게를 산정할 수도 있다. 한 분야의 전문가가 되어야 가능한 일이다. 자신의 가진 기술을 다른 사람들을 위해 사용해야 한다. 다른 사람을 먼저 생각하고 행동하다 보면 언젠가는 자신에게 다시 돌아올 것이기 때문이다.

오늘의 한마디

다음엔 또 뭘 하려나?

책
생 각

우리나라 성인 10명 중 6명이 하지 않는 것이 있다. 독서다. 고등학교 이후로 소설이나 시를 접하지 않았다는 성인도 상당수 있다. 한 뉴스 보도에 따르면 독서량은 감소했지만, 사람들이 접하는 텍스트의 양은 비슷하거나 더 많아졌다고도 한다. 책을 읽지 않는 이유는 무엇일까? SNS의 영향이 크다. 짧은 동영상으로 전달하는 메시지는 자극적이고 도파민을 분비하기도 한다.

문제는 생각이다. 모든 사람은 생각하면서 성장한다. 공부도 생각해야 한다. 생각하지 않으면 무의미 철자 학습에 가깝다. 아무 의미 없이 앞 글자만 따서 외우는 식이다. 맥락도 없고 그저 외우기에 바쁘다. 모든 지식은 책을 읽거나 강의를 듣고 자신의 언어로 쓰거나 말할 수 있어야 한다. 지식을 받아들이고 표현하는 과정에서 필요한 것이 있다. 생각이다.

책은 생각하게 해준다. 책을 읽을 때 지저분하게 보아야 하는 이유다. 책 한 권의 내용을 모두 기억하기는 어렵다. 몇 문장만 기억해도 된다. 그중에서 내가 어떤 깨달음을 얻은 한 문장만 기억해도 된다. 책 표지 앞에 기록해 두면 다음에 읽을 때도 도움이 된다. 시간이 흐른 뒤에 다시 읽으면 다른 문장이 다가올 수도 있다. 그만큼 성장한다는 증거다.

읽고 생각해야 쓸 수 있다. 말하기는 쓰는 것 이전에 하는 것보다 쓰고 나서 하는 것이 좋다. 적어도 내가 보기엔 그렇다. 쓰면서 생각이 정리가 된다. 비문도 정리가 된다. 쓰고 말하는 과정에서 자연스럽게 퇴고도 가능하다. 반대로 하면 잘 안된다. 일단 말한 것을 주워 담을 수가 없다. 이미 말한 것은 취소할 수 없기 때문이다. 먼저 쓸 수 있으려면 생각해야 한다.

작년 '한강' 작가의 노벨문학상 수상이 있었다. 많은 사람들이 우리나라의 문학도 상당한 경지에 이르렀음에 감탄했다. 브런치, 블로그 등등의 플랫폼을 통해 전 국민이 글쓰기에 관심을 보이는 것도 한몫한다. 20~30여 년 전 전국의 노래방이 한 집 건너 하나씩 생겼을 때를 생각해 보자. 우리나라 사람들의 노래 실력은 그때 상향 평준화되지 않았을까? 하는 생각이다. 중요한 것은 책을 읽어야 한다. 읽고 생각하자.

오늘의 한마디

책! 책! 책!

책을 읽읍시다!

연습
꾸준함

연습이란 익숙하게 되풀이하는 것을 말한다. 전문가가 되기 위해 노력하는 것도 같은 맥락이다. 끊임없는 연습이 필요하다. 연습이 없으면 최고가 될 수 없다. '1만 시간의 법칙'은 전문가가 되는 데 필요한 시간이다. 여기에서 조건이 있다. 시행착오를 포함한 시간이다. 스스로 시행착오를 헤쳐 나가는 과정이 필요하다. 지식을 얻고 스스로 해결할 수 있으면 지혜가 된다.

세계적인 축구선수가 된 손흥민을 살펴보면 된다. 갑작스럽게 최고가 된 사람은 아무도 없다. 끊임없이 연습하고 노력해야 한다. 꾸준함도 필요하다. 축구선수로서의 몸을 만들기 위해 이리 뛰고 저리 뛰었던 시간이 있다. 자신의 능력을 만들기 위해 연습을 게을리하지 않는 결과다. 재능이 없다고 생각되더라도 끊임없이 노력해 보자. 언젠간 목표를 달성할 수 있다.

생각하는 힘은 꾸준함에서 만들어진다. 마음의 근육도 계속 써야 성장한다. 긴 시간을 갈고닦아야 활용할 수 있을 만큼 성장할 수 있다. 생각하고 글을 쓰는 것도 같은 맥락이다. 한 줄 쓰고 뭘 쓰나? 생각했던 시절도 있었다. 지금은 매일 아침 블로그와 브런치에 한 편의 글을 남기고 있다. 예전의 나와 비교하면 크나큰 발전이다. 여기에서 멈추지 않는다.

무한도전이라는 예능 프로그램이 있었다. 출연자들은 말도 안 되는 경기를 만들어 실행하곤 했다. 기차보다 빠르게 달리기, 기차가 역에 잠시 멈춘 시간 동안 짜장면 먹기 등등의 도전을 했다. 우스꽝스러운 도전과 이를 실행하기 위해 노력하는 모습은 시청자들의 호응을 얻었다. 무모한 도전이라도 시행해 보고 어렵다면 다른 방법을 찾으면 된다. 일단 실행하는 것이 답이다.

실행하지 않으면 아무 일도 일어나지 않는다. 실패하든 성공하든 실행해야 가능하다. 무조건 실행해야 하는 이유다. 실패도 성공의 과정일 뿐이다. 양궁선수가 과녁을 맞히기 위해 노력한 것을 생각해 보자. 수십만 발의 화살은 과녁을 빗겨나갔다. 스스로 성장하기 위해서는 실패를 과감히 이겨내고 성장할 수 있는 발판을 마련해야 한다. 연습이 필요한 이유다.

오늘의 **한마디**

금요일은 여름 날씨

토요일은 봄 날씨였는데

오늘은 겨울 날씨네요. 눈이 온대요.

4월 중순에 눈이라니….

기상이변도 꾸준한 거죠?

집중
선 택

모든 일에는 순서가 있다. 사람이 한 번에 할 수 있는 일은 하나다. 같은 시간에 여러 가지 일을 할 수 있는 사람은 없다. 멀티 플레이가 가능하다고 주장하는 경우가 있다. 예를 들면 노래를 들으면서 공부하는 경우다. 화이트 노이즈나 가사가 없는 음악을 들으면 공부하는 데 도움이 되기도 한다. 여러 가지 일을 한 번에 하는 것은 하나에 집중할 수 있는 시간을 나누는 일에 불과하다. 한 번에 할 수 있는 일은 하나뿐이다.

매년 초가 되면 한 해의 목표를 세운다. 대부분의 사람이 그렇다. 목표를 달성하기 위해 노력을 해야 한다. 이 과정에서 하나에 집중하는 방법을 쓰는 것이 좋다. 목표도 여러 가지를 세우는 것보다는 몇 가지만 설정해야 한다. 그래야 성공 가능성도 높일 수 있다. 시선이 분산되면 역량도 분산된다. 결국 이루고자 하는 일에 집중하지 못하는 결과를 가지고 온다.

'선택과 집중'이라는 말이 있다. 어떤 일을 하고자 하는 마음이 있다면 시선을 좁히고 집중해서 일을 처리해야 한다. 자신이 할 수 있는 역량을 집중해서 처리해야 한다. 스스로 정리하기 어려운 경우는 다른 사람의 도움을 받아서 처리하는 것도 좋다. 한 사람이 모든 영역을 잘할 수는 없다. 한 분야의 전문가가 되려면 인고의 시간과 많은 노력이 필요하다. 조금씩 노력하고 연마하면서 성장해 나갈 수 있다.

한 분야의 전문가가 되기 위한 시간은 1만 시간이다. '1만 시간의 법칙'은 단순하게 시간만 이야기하지 않는다. 지식을 쌓아가는 과정에서 시행착오도 겪어보고 스스로 해결하는 과정도 거쳐야 한다. 실패도 경험해 보아야 성공할 수 있다. 빠르게 성공하기 위해서는 많은 실패가 있어야 한다. 실패를 두려워할 필요가 없는 이유다. 실패가 두려워 시도조차 하지 않는 경우는 아무 일도 일어나지 않는다.

한 번에 많은 일을 하려고 할 필요가 없다. 효율이 오르지 않을 뿐만이 아니라 목표 달성이 더 늦어진다. 오히려 하나씩 목표를 달성하기 위해 집중하는 편이 더 효율적이다. 하나를 끝내고 다음 일을 하는 방식이다. 여러 가지 일을 동시에 추진하다 보면 소진도 빠르게 온다. 지치게 되면 결국 아무 일도 하지 못하게 되기도 한다. 자신을 사랑한다면 한 번에 하나만 조금씩 추진해 보자. 그러면 성공한다.

오늘의 한마디

선택과 집중이 필요한 때입니다.

시선이 분산되면

이루고자 하는 일을 달성하지 못합니다.

아이디어
변 화

　아이디어란 하나의 주제에 관한 생각을 말한다. 주제가 하나라고 하더라도 다양한 아이디어의 산출이 가능하다. 좋은 아이디어는 물건의 개발이나 활용에 이어지기도 한다. 개그맨 장동민의 아이디어로 환경을 보호하고 있다. 어떤 방법인지 궁금했다. 동영상으로 공개된 방식은 이렇다. 병뚜껑에 라벨을 세로로 배치해서 제작한다. 병뚜껑을 따자마자 라벨이 분리되는 방식이다.

　간단하면서도 실용적인 방법이다. 발상의 전환이 필요한 방법이기도 하다. 기존 틀 안에서 생각을 반복하면 새로운 생각이 떠오르지 않는다. 변화는 하나의 주제에 관하여 관점을 달리 보아야 가능하다. 일종의 메타인지 전략이다. 새로운 생각을 하는 것은 생각의 순서를 조금만 바꾸면 가능하기도 하다. 모든 발명과 창작은 바로 직전에 사용하던 익숙함과 개선의 필요성이 결합하여 만들어진다.

　좋은 아이디어는 새로운 가치를 창출한다. 아이디어를 얻기 위해 여러 가지 고민을 하기도 한다. 많은 시간을 투자하기도 한다. 투입된 시간만큼 새로운 가치가 창출되면 좋겠지만 그렇지 못한 경우도 있다. 나에게는 편리한데 다른 사람들에게는 그렇지 않을 수도 있기 때문이다. 다른 사람의 생각과 내 생각이 같을 수는 없다. 다양한 관점으로 생각하고 행동해야 하는 이유이기도 하다.

정책을 만들기 위해 먼저 해야 할 일이 있다. 주제를 선정해야 한다. 선정한 주제를 바탕으로 개선해야 할 점을 찾는다. 이 과정에서 변화가 필요한 것도 함께 확인한다. 제도나 법이 미미한 경우도 있고, 인식의 개선이 필요한 경우도 있다. 홍보가 필요한 경우라면 여러 사람들에게 알려야 한다. 어떤 일인지 알지 못해서 진행하지 못하는 때도 있기 때문이다.

많은 사람들은 갑작스러운 변화를 원하지 않는다. 삶을 살아가면서 조금씩 변화하는 것에 익숙해져 있기 때문이다. 봄이 왔다고 갑자기 꽃이 피고 열매를 맺는 것이 아니다. 조금씩 싹을 틔우고 잎이 커지는 과정이 필요하다. 조금씩 꾸준히 무언가를 준비하면서 설정한 목표를 달성하기 위해 다양한 노력을 해야 한다. 스스로 변화를 준비하고 감정을 담을 수 있어야 한다.

오늘의 한마디

행복은 누가 알려주는 것이 아닙니다.

스스로 행복하다고 느끼는 거니까요.

오늘도 행복한 하루 보내세요.

도전
결과

누구나 처음 하는 일이 있게 마련이다. 익숙한 일만 하면 좋겠지만 세상일이 그렇지만은 않다. 내가 잘 모르는 일을 해야 하는 경우가 있다. 새로운 분야에 관한 공부가 필요한 상황이라면 어떻게 해야 할까? 관련한 용어부터 공부해야 한다. 해당 분야의 용어를 알지 못하면 책을 읽어도 이해하기 어렵기 때문이다. 기본부터 다지고 다음 단계로 올라가야 한다.

영어 공부를 해야 하는 상황이라면 어떻게 해야 할까? 단어를 외워야 한다. 문장의 어순과 문법은 나중 문제다. 단어를 모르면 기본적인 의사소통이 되지 않는다. 키워드 위주의 대화라도 하려면 많은 단어를 알고 있어야 한다. 언어를 공부하는데 외우는 것부터 하는 것은 모순이다. 언어는 일상에서 자연스럽게 나와야 한다. 새로운 언어를 배울 때에는 자연스럽게 나올 때까지 지속적인 공부가 필수다.

어떤 일이건 꾸준히 진행해야 한다. 꾸준하게 한 가지 일에 몰두해 보자. 그 분야의 전문가가 될 수 있다. 단순히 1만 시간만 보내면 되는 것이 아니다. 시행착오를 겪고, 일을 해결하기도 하고, 난

관에 부딪혀보기도 해야 한다. 어려움을 극복하는 방법은 누가 알려주지 않는다. 스스로 경험하면서 깨우쳐야 한다. 이러한 모든 과정이 전문가가 되는 길이다.

꾸준하게 한 가지 일을 하는 것이 쉽지는 않다. 누가 인정해 주지 않는 경우도 있다. 외부 자극이 없다면 스스로 다독이자. 중요한 것은 남들이 뭐라고 해도 자신은 긍정적으로 해석할 수 있어야 한다. 자신을 객관적으로 바라볼 수 있는 능력도 필요하다. 현대 사회에서 '메타인지'는 필수다. 자신을 과소평가하거나 과대평가하면 인정받기 어렵다. 자신을 잘 평가해야 한다.

무언가 해보고 싶다면 결과가 보일 때까지 해라. 결과는 자신만이 안다. 설정해 둔 목표가 있을 것이다. 목표를 달성하기 위해 꾸준히 노력해야 한다. 하다 보면 힘들 때도 있다. 잠시 쉬었다가 다시 시작하면 된다. 놓지만 않으면 된다. 꾸준함이 답이다. 목표를 하나하나 달성하다 보면 성취감은 이루 말할 수 없다. 자신이 유능하다는 느낌이 들 수도 있다. 많은 사람들에게 도움을 줄 수도 있기 때문이다.

오늘의 한마디

새로운 공부를 시작했다면

목표를 달성할 때까지 꾸준히 진행하세요.

언젠가 이루어질 거랍니다.

선 택
의사결정

삶을 살아가다 보면 선택이 필요한 때가 있다. 과감한 결정이 필요하기도 하다. 두 가지 일 중에 하나만 해야 한다면 다른 하나는 포기해야 한다. 인생이 그렇다. 두 가지를 모두 가지려고 하는 것은 욕심이다. 나에게 맞는 결정을 하는 것이 옳다. 스트레스를 받으면서까지 남을 위한 결정을 할 필요는 없다. 남이 나를 어떻게 생각하는지 생각할 필요도 없다.

사람들은 다른 사람을 의식한다. 많은 경우가 그렇다. 다른 사람들은 내 생각만큼 나에게 관심이 없다. 내가 어떠한 결정을 하던 별 관심이 없다는 말이다. 지나치게 다른 사람을 의식할 필요가 없는 이유다. 자신의 삶을 살아가면서 나에게 맞는 선택을 할 필요가 있다. 지금까지 살아온 나의 삶과 미래를 잘 조율해서 결정해야 한다. 적어도 자신의 삶에 관한 선택은 그렇다.

나보다 다른 사람과의 관계를 위한 선택을 할 때가 있다. 선거에서 투표할 때다. 선거에 나온 사람들은 저마다 자신의 장점을 알리고 유세를 한다. 자신이 이 일에 적임자라고 외치면서 한 표를 부탁한다. 당선이 되면 그때뿐인 걸 알면서도 찍어준다. 유권자들은 시간이 흐르면 후회한다. '다음엔 찍지 말아야지.' 하면서 결국 잘못을 되풀이한다.

의사결정을 반드시 해야 할 때 하지 않으면 줏대 없는 사람이 된다. 누군가에게 계속 끌려다니게 된다. 가스라이팅을 하는 사람의 말에 이끌리기도 한다. 잘못된 신념에 사로잡히기도 한다. 이때 주변 사람들의 도움이 필요하다. 스스로 판단하고 결정하기 어려운 상황이 발생하기도 한다. 자신의 선택에 자괴감을 느끼기도 한다. 이 과정이 되풀이되면 우울증에 빠지기 쉽다. 현명한 선택이 필요한 이유다.

나에게 집중해야 한다. 나 자신을 사랑할 필요가 있다. 다른 사람과 나를 비교할 것이 아니다. 어제의 나와 비교해서 조금이라도 성장했다면 스스로 다독여주자. 생각의 성장은 갑자기 이루어지지 않는다. 조금씩 노력하는 과정이 누적되어야 한다. 꾸준함이 답이다! 이 불변의 진리는 실행하지 못해서 증명하지 못하는 경우가 많다. 지금 바로 실행하자.

오늘의 한마디

투표해야 할 때 하지 않으면 문제가 생깁니다.

미양
미래

낮 기온이 오르고 있다. 아침저녁으로는 쌀쌀하지만, 낮에는 완연한 봄이다. 저번 주에 70cm의 폭설이 내렸던 걸 생각하면 '이래도 되나?' 싶을 정도다. 새로운 봄이 오고 있다. 올 한 해 농사를 어떻게 지을 것인가를 고민해 보고 준비할 시기다. 씨를 뿌리거나 모종을 심고 많은 양의 수확을 바라기도 한다. 작물을 재배하다 자연재해로 기대만큼의 수확이 되지 않기도 한다.

인생도 비슷하다. 계획한 대로 흘러가면 좋겠지만 그렇지 못한 때도 있다. 준비한 시험에 떨어져서 원하는 자격증을 취득하지 못하기도 한다. 자신의 삶을 개척하면서 계획한 대로 흘러가는 것도 감사할 일이다. 계획과는 다르게 흘러가는 것이 당연하게 느껴지기도 한다. 사람마다 삶의 배경이 다르다. 환경이 다르고 생각도 다르다. 누군가와 비교할 필요가 없다. 나와는 다른 삶을 살아가기 때문이다.

미래는 겪어본 사람이 없다. 우리가 살고 있는 것은 항상 현실이다. 현재를 살아가면서 희로애락을 느낀다. 다양한 감정을 느끼는 과정에서 배움이 있다. 깨달음도 있다. 이러한 지식은 누가 알려주지 않는다. 스스로 삶을 살아가면서 자연스럽게 알게 되는 과정이다. 삶을 살아가면서 다양한 경험이 필요한 이유다. 지식을 얻으려면 많은 경험을 해야 한다.

경험 외에 지식을 얻는 방법이 있다. 강의를 듣거나 책을 읽는 방법이다. 책을 읽으면 얻고자 하는 지식을 글로 만날 수 있다. 글을 읽으면서 생각해야 한다. 생각하지 않으면 지식은 남지 않는다. 자신만의 방법으로 생각하고 표현할 수 있어야 한다. 표현하는 방법에는 말하기나 쓰기가 있다. 어느 것이 우선순위라고 말하기는 어렵다. 내 생각에는 쓰고 나서 말하는 것이 좋다. 말은 주워 담기 어렵기 때문이다.

하루하루를 살아가면서 새로운 상황을 마주하게 된다. 함께 일하는 사람들 간의 사소한 오해로 생긴 일이 큰 문제로 발생하기도 한다. 그런가 하면 잘 해결되는 경우도 있다. 어떠한 일이 생길지 예측하기 어려운 경우도 있다. 세상살이가 호락호락하지 않은 이유다. 하루를 살더라도 최선을 다하는 삶이 필요하다. 오늘 하루도 의미 있는 일을 해보는 건 어떨지 생각한다.

오늘의 한마디

오늘 퇴근하면서 씨앗을 사보려고 합니다.

잘 심어 두고 가꾸면 어떤 식으로든 도움이 될 테니까요.

대학
꾸준함

대학 학위를 받기 위해 노력하는 사람들이 줄어들고 있다. 미국의 이야기다. 마트에서 계산하는 일을 해도 우리나라 돈으로 7천만 원 정도를 받는다고 한다. 공부하는 이유는 결국 좋은 직업을 가지기 위함이다. 대학을 졸업하고 화이트칼라 직업을 잡아도 연봉에 큰 차이가 없다 보니 일어나는 일이다. 우리나라도 비슷한 상황이 벌어지고 있다. 전체적으로 양질의 일자리가 줄어들고 있는 이유이기도 하다.

우리나라는 아직 소위 명문대를 가기 위해 끊임없이 노력하는 상황이다. 서울대를 중심으로 SKY 등의 한 대학의 서열문화는 깨질 기미가 보이지 않는다. 초·중·고등학교를 다니면서 내신 관리를 하고, 대학수학능력시험을 잘 치르기 위해 끊임없이 노력한다. 하루에 치르는 시험에 향후 진학할 대학의 운명이 결정되기도 한다. 가고 싶은 대학에 진학하기 위해 몇 년씩 재수를 하기도 한다.

좋은 대학을 나오면 대우를 좋게 받는다. 이유는 무엇일까? 적어도 이러한 수준의 대학을 나온 사람들에게 기대하는 기대치가 있다. 이 기대치에 부응할 수 있기 때문이다. 예전에는 이러한 접근이 가능했다. 사회가 고도로 발전하고 빠르게 변화하면서 조금씩 이러한 공식도 깨지고 있다. 미래를 예측하는 능력은 학교 공부를 잘하거나 시험을 잘 본다고 측정되기 어렵기 때문이다.

원하는 직업을 갖는 데 필요한 것이 있다. 꾸준함이다. 1만 시간의 법칙이라는 말도 있다. 한 분야의 전문가가 되는 데 필요한 시간이다. 단순히 1만 시간을 투자하면 되는 것이 아니다. 시행착오도 거치고, 실패도 경험해야 한다. 단단하게 굳어져야 회복탄력성도 높아진다. 실패하더라도 빠르게 회복할 수 있는 능력이 있어야 베테랑이 될 수 있다.

천재는 꾸준한 사람을 이기지 못한다. 하고 싶은 일이 있다면 꾸준히 노력하자. 처음부터 잘할 수는 없다. 실패하더라도 도전하자. 실패하면 다시 시작하면 된다. 다음에는 조금 더 잘하겠지. 반복 학습을 하다 보면 자연스럽게 성장한다. 익숙해지면 당연히 쉽게 처리할 수 있기 때문이다. 두려워하지 말고 꾸준히 노력하다 보면 언젠가 성공할 수 있다. 오늘도 최선을 다해야 하는 이유다.

오늘의 한마디

원하는 바를 다 이루시기를 바랍니다.

청춘
경춘선

춘천에서 서울을 오가는 열차가 있다. 이름은 경춘선 열차다. 전철로 연결되어 바쁘게 오간다. 한때는 강촌에 MT 오는 대학생들이 붐비기도 했다. 경춘선이 복선전철화되면서 분위기가 조금 바뀌었다. 코로나19 팬데믹 이후는 더 심하다. 경춘선에서 대학생들을 보기는 어렵다. 예전처럼 단체활동이 많지 않다. 경춘선이 복선화되면서 강촌역사가 이전했다. 접근성이 예전 같지 못한 원인도 있다.

경춘선 철로에는 전철만 다니는 것이 아니다. ITX도 다닌다. 이 열차의 이름은 '청춘'이다. 열차를 관리하는 코레일은 보통 출발역과 도착역을 기준으로 이름을 짓는다. 청량리를 출발하여 춘천으로 오는 열차라 청춘이라 지은 것으로 알고 있다. 대학생들의 낭만이 담긴 기찻길이라 청춘이라는 의미는 남다르다. 다시 청춘을 느낄 수 있는 기찻길이 되기를 바란다.

청춘이란 새싹이 파랗게 돋아나는 봄철을 말한다. 청소년이나 이십 대 청년들을 말하기도 한다. 무한한 가능성이 있는 세대다. 자신에게 어떠한 일이 펼쳐질지 예측할 수 없다. 청춘이라면 앞으로의 삶을 살아가면서 나타나게 될 무한한 가능성을 키울 수 있다. 양궁선수가 과녁의 중앙에 화살을 꽂으려면 어떻게 해야 할까? 수많은 화살을 쏴보아야 한다. 화실이 빗나가는 횟수가 적어질 때까지다.

자신이 올라갈 수 있는 위치가 어디까지인지 아무도 모른다. 지금 잠시 쉬어가더라도 언젠가 다가올 미래를 기다려보자. 그냥 기다리는 것이 아니라 자기 내면을 갈고닦아야 한다. 준비해야 하는 이유다. 지금 준비하지 않으면 새로운 세상은 나에게 오지 않을 수도 있다. 준비된 자에게 기회가 오기 때문이다. 뭐라도 시도해 보고 갈고닦아야 한다.

실패할까 봐 두려워도 시도하지 않고 있다면 영원히 할 수 없게 된다. 자전거 타는 것과 똑같다. 2개의 바퀴로 굴러가는 자전거는 익숙해지면 몸이 반응한다. 두려워서 시도하지 못하면 영원히 탈 수 없게 된다. 지금 시도해 보자. 실패도 소중한 경험이다. 잠깐의 실수로 발생한 일도 개선점으로 찾으면 된다. 자신에게 이득이 되는 방향으로 준비하면 된다.

오늘의 한마디

오늘은 ITX-청춘을 타고 서울에 갑니다.
새로운 일들이 기다리고 있지 않을까요?

정년
미래

    정년이란 직장에서 근무하는 연한을 정한 나이를 말한다. 보통 나이로 정년을 정한다. 군인과 경찰과 같은 직군은 계급정년을 두기도 한다. 정년이 지나면 직장에서 나와야 한다. 물론 사직서를 제출하고 면직할 수도 있다. 근속 연수가 20년이 넘으면 신청이 가능한 명예퇴직 제도도 있다. 의원면직이나 명예퇴직은 신청에 따라서 진행이 가능하지만, 정년은 자신의 의사와 관계가 없다는 차이가 있다.

    덴마크에서는 현재 67세부터 연금을 받을 수 있었다. 최근 만 70세 이상이 되어야 연금 수령이 가능하도록 법안을 통과시켰다. 정년 연장은 많은 이들에게 도움이 될 수 있다. 일부 직군은 상황이 다르다. 고된 일을 하는 경우다. 나이가 들어가면서 힘들게 근무해야 하는 환경을 거부하는 것이다. 물론 일을 그만두는 다른 방법도 있지만 연금 수령이 가능한 나이가 높아졌기에 재정적인 문제가 생기게 된다.

    젊었을 때부터 노후 준비를 하는 사람들이 많이 있다. 문제는 현 상황을 기점으로 준비한다는 것이다. 미래에 어떻게 바뀔지 아무도 모른다. 내가 내는 연금저축이 어느 정도의 값어치를 할 수 있는지도 파악이 되지 않는다. 예측할 뿐이다. 지금의 경제적 여건이 30~40년 뒤에도 동일할 수는 없다. 미래에 대해 준비하되 상황을 체크하고 조금씩 변화를 주어야 하는 이유다.

은퇴를 한 이후에도 새로운 일을 찾는 분들이 많다. 평균 연령이 증가한 이유다. 물가가 많이 오른 영향도 있다. 다양한 원인이 있겠지만 자신의 재능을 나누어주는 것은 많은 이들에게 좋은 일이다. 내가 지금까지 해온 많은 일들에 관한 노하우를 나눌 기회가 되기 때문이다. 한 분야의 전문가가 된다면 경험과 시행착오를 통해 얻는 교훈을 나눌 수 있어야 한다. 사회가 발전하는 원동력이기 때문이다.

일을 시작할 때 처음부터 시작하면 어떤 것부터 해야 할지 모르는 경우가 많다. 눈밭에서 눈을 굴릴 때를 생각해 보자. 처음부터 눈덩이가 있지는 않다. 손으로 눈을 뭉치고 눈을 모아서 적당한 크기로 키워야 한다. 이후 눈을 굴리기 시작하면 조금씩 눈이 달라붙는다. 주변의 눈들도 따라와서 붙는다. 많은 힘을 들이지 않아도 점점 커진다. 일을 하려거든 최소 그 일이 어떤 일인지는 파악해야 하는 이유다.

투자를 하려면

기초자금이 있어야 합니다.

미래를 준비하려면

최소한의 계획은 세워야 하지 않을까요?

리브랜딩
익숙함

리브랜딩은 브랜드를 새로 만드는 작업을 말한다. 브랜드를 만든 지 오래된 경우에 진행하게 된다. 매장의 분위기를 바꾸는 방법도 있다. 콘셉트 자체에 변화를 주는 예도 있다. 인테리어를 비롯해서 판매하고 있는 물건이나 음식 자체를 바꾸기도 한다. 다양한 방법으로 리브랜딩을 진행한다. 침체된 경기에 대한 반증이기도 하다. 새로운 콘셉트로 고객을 맞이하면 관심으로 가지는 사람들이 증가할 수 있다.

경기가 심하게 침체되어 있다. 작년 12월 초부터 심각해졌다. 연말연시 분위기를 전혀 느끼지 못했다. 자영업에 종사하는 사람들의 경기침체 체감지수는 더 높다. 돈이라는 것이 돌고 돌아야 하는데 돌아가지 않는다. 리브랜딩을 하는 이유이기도 하다. 소비자들은 새로운 콘셉트에 관심을 가지게 된다. 기존에 진행하던 방식이 식상하게 느껴지는 경우가 많기 때문이다.

사람들은 새로운 것을 좋아하는 경향이 있다. 새롭게 출시되는 제품에 큰 관심을 가진다. 자동차나 스마트폰, 가전제품이 그렇다. 아직 사용하는 데 문제는 없지만 바꾸기도 한다. 요즘은 물건이 고장 나서 버리는 경우는 그리 많지 않다. 사용하던 물건이 싫증이 나서 바꾸는 경우가 많다. 오래 사용하다 보면 관심과 애정이 떨어지는 것은 어찌 보면 당연한지도 모른다.

익숙함과 싫증은 어찌 보면 같은 맥락이다. 너무 익숙해서 싫증이 나기도 한다. 오랜 기간 사용하던 물건을 아껴줄 수는 없을까? 올드카를 애지중지하면서 관리하는 사람들도 있다. 오래된 자동차이지만 지금 판매되는 자동차 못지않게 외관 관리와 정비를 해둔 차량도 있다. 새로운 것만 찾기보다는 나만의 애정을 가진 물건을 만들어보는 것도 좋지 않을까 싶다. 익숙함이 싫증이 아니라 새로움으로 다가오도록 말이다.

오랫동안 만났던 사람에게서 새로움을 찾기도 한다. 무언가 분위기가 바뀌기도 하고, 스타일이 변화하기도 한다. 작은 변화를 통해 새로움을 느낄 수 있다. 새로움은 갑자기 찾아오지 않는다. 꾸준히 노력하고 조금씩 변화를 주다 보면 어느 순간 느껴진다. 물이 흐르는 방향을 한순간에 바꿀 수 있는 것이 아니다. 조금씩 물길을 내다보면 방향이 바뀌는 기적이 이루어질 것이다.

오늘의 한마디

익숙함이 싫증이 아니라
새로움으로 다가오는 하루 보내시기를 바랍니다.

20
관 점

　보통 20살이 되면 성인이라고 말한다. 법률상으로 성인은 만 19세를 말한다. 20살이 되면 이것도 하고 싶고 저것도 하고 싶었다. 막상 20살이 된다고 해서 원하는 것이 다 이루어지지는 않는다. 이것을 깨닫는 데는 며칠 걸리지 않는다. 몇 년 전까지만 해도 우리나라 사람들의 나이는 천차만별이었다. 음력 생일을 기준으로 말하기도 하고, 만 나이 기준을 이야기하기도 했다. 2023년에 만 나이로 하는 것으로 정해졌다.

　성인은 자신이 한 일에 관한 책임을 져야 하는 나이다. 초·중·고등학교를 다니면서 갈고 익힌 지식과 교양을 바탕으로 행동할 수 있는 나이다. 사람들은 모두 처음 살아간다. 처음 접하는 일들은 실수가 있을 수 있다. 미성년자일 때 실수한 경우는 다시 한번 기회를 주고 개선할 수 있는 여지를 남겨두기도 한다. 성인이 되는 순간 이런 혜택은 사라진다. 행동하기 전에 한 번쯤은 생각을 하고 행동에 옮겨야 하는 이유다.

　감정이 태도가 되는 사람들이 많이 있다. 화가 난다고 해서 바로 표현하다 보면 문제가 생기기도 한다. 무언가를 부수고 폭력적으로 변질되는 사람들도 있다. 자신의 의견은 개진하되 누군가에게 피해를 주면 안 된다. 사회가 유지되는 이유다. 국가는 법과 규칙을 바탕으로 이루어져 있다. 국가의 존립 자체를 위협하는 행위를 하면 처벌을 받아야 한다. 다른 사람들과의 사회적 약속이기 때문이다.

"실패하면 반역, 성공하면 혁명 아닙니까?" 영화 「서울의 봄」에서 전두광이 한 말이다. 역사는 승자의 기록이다. 우리가 알고 있는 역사는 대부분 그렇다. 무엇이 잘못되었고, 잘되었는지를 그 당시를 살아가는 사람들은 마음 놓고 이야기하기 어렵다. 그게 현실이다. 역사를 공부하는 이유다. 반복된 잘못을 하지 않기 위함인 것도 있다. 바라보는 관점에 따라 다름이 틀림이 되기도 한다.

엄밀히 말해서 다름이 틀림은 아니다. 생각은 다를 수 있다. 사람마다 각자의 생각이 있다. 삶의 관점이 다르고 배경이 다르다. 내 생각을 강요할 필요도 없다. 모두 주관자로서 삶을 살아가고 있다. 내 생각과 다른 사람의 생각이 다르면 왜 다른지를 파악해 볼 필요가 있다. 나의 관점을 강요하는 것보다 우선되어야 한다. 다른 사람의 관점으로 생각해 보고 이해하려고 노력하면 된다.

오늘의 **한마디**

관점이 다른 것이

틀린 것은 아닙니다.

나와 생각이 다르더라도

존중해 줄 필요가 있어요.

월요일
준 비

월요일이다. 평소 같으면 출근을 했다. 오늘도 휴일이다. 3월 1일이 토요일이라 대체휴일로 지정이 되었다. 덕분에 모든 학교의 개학이 3월 4일이 되었다. 화요일부터 시작이다. 잘 생각해 보니 이런 계산이 나온다. 기존에는 3월 2일이 월요일이어도 개학을 했다. 대체휴일이 진행된 이후로는 3월 개학은 월요일이 될 수가 없다. 화요일부터 시작하게 된다. 3월 개학을 하는 주의 첫 월요일은 자연스레 휴일이다.

하루의 휴일이 더 생겼다. 휴식을 취할 수 있는 날이 하루 늘었다. 문제는 날씨다. 날씨가 도와주지 않는다. 엄청난 양의 눈이 내렸다. 3월이니 좀 빠르게 녹을 것이라는 희망도 있다. 밤새 내린 눈으로 교통이 불편하다. 눈이 치워진 곳도 있지만 길이 미끄럽다. 혹시 모를 사고에 대비해서 움직여야 한다. 사고는 의도하지 않게도 발생한다. 미리미리 준비해야 하는 이유다.

우리나라 사람들은 새해를 2번 맞이한다. 양력으로 맞이하는 새해 첫날이 있다. 두 번째는 음력설이 있다. 설맞이 세배도 드리는 날이다. 하나가 더 있다. 학교는 새로운 학년도가 시작이다. 학교와 관련된 일을 하거나 학생이라면 '하루만 더 쉬었으면' 하는 생각이 절실하다. 내일부터는 일상이 시작된다. 어떠한 일이 생기게 될지 아무도 모른다. 문제가 발생하지 않았으면 하는 생각이다.

학교는 학생들을 맞이하기 위해 철저히 준비하고 있다. 혹시 모를 상황에 대비하기 위한 준비도 해두었다. 학생들만 오면 된다. 학기 초 선생님들의 지도에 잘 따르고 학교생활에 잘 적응할 수 있어야 한다. 학생들에게 안내하는 학칙이나 생활 규정 등과 같은 내용에 거부감을 느끼는 학생들도 있다. 모든 활동은 학생들을 위한 것이라고 생각하면 된다. 바른생활 습관을 형성하고 사회에 진출할 수 있도록 도움을 주기 위함이다.

매일 출근하면서 '오늘도 무사히'를 외치던 때도 있었다. 하루가 멀다 하고 발생하는 문제를 해결하기 위해 매일 야근을 하기도 했다. 초과근무 인정을 해주는 57시간을 넘어 인정을 받지 못하는 때도 있었다. 학생들의 생활지도는 잘해야 본전이다. 잘못하면 별 이야기를 다 듣는다. 담당 교사가 자주 바뀌는 이유다. 누가 같은 월급 받으면서 마음고생하는 일 하려고 하겠는가?

오늘의 한마디

올해도

좋은 일만 생기길 바랍니다.

49
인구 감소

올해 49개의 초·중·고등학교가 사라진다. 학생들이 없기 때문이다. 최근 급속도로 진행된 학령인구의 감소 때문이다. 오래전부터 출생률이 낮아지고 있다. 출생률 저하로 인해 시작된 학령인구 감소는 이제 사회적 문제로 발전되고 있다. 영유아를 대상으로 한 산업은 점점 쇠퇴하고 있다. 아이들의 교육산업도 점점 단순화하고 획일화되어 가고 있다. 이러한 사회적 문제를 해결할 수 있는 특단의 대책이 필요하다.

단순하게 아이를 낳으라는 이야기로는 해결이 되지 않는다. 자녀를 양육하는데 들어가는 천문학적인 비용도 문제다. 아이를 키우기 위해 들어가는 비용이 있는데 외벌이로는 감당하기 어렵다. 결국 맞벌이를 해야 하는데 아이를 볼 사람은 없다. 주변에 어린이집, 유치원도 점점 사라지고 있다. 아이를 잠시 돌봐주는 분들도 조금씩 줄어들고 있다. 아이 키우기 정말 어려운 세상이다.

정서적인 교류가 있으면 정신건강에도 도움이 된다. 요즘 아이들은 예전에 비해 그렇지 못하다. 산책을 나가보아도 아이들이 뛰노는 모습은 보기 어렵다. 공부하기 위해 집이나 학원, 스터디카페 등에 있는 이유도 있다. 놀이를 하거나 활동을 통해 얻는 깨달음도 있는데 그렇지 못한 경우가 많다. 꼰대같이 느껴질지 모르지만 그게 현실이다. 국가적인 차원에서 사회정서교육까지 신경을 쓰고 있는 이유다.

사람들과 좋은 관계는 많은 경험으로 이루어진다. 스스로 터득해야 시행착오도 적다. 목표를 달성하기 위해서는 실패해 보는 경험이 중요하다. 다시 말하면 실패해야 성공할 수 있다. 회복탄력성도 누가 알려주는 것이 아니다. 스스로 다시 일어나 뛰어나갈 수 있는 능력을 갖추어야 하는 이유다. 많은 경험은 자신을 단단하게 만들어준다.

출생률을 보면서 누군가는 "대한민국은 망했다."라고 이야기한다. 비정상적인 구조의 문제는 사회적, 경제적으로 빠르게 풀어나가야 한다. 그렇지 않으면 되돌리기 어려운 상황이 만들어질 수도 있다. 인구의 감소는 국력과 직결되어 있다. 시간이 흐르면서 점차 문제가 심각해질 수도 있다. 국제적으로 우리나라는 불안정한 상태에 있는 이유도 있다. 빠르게 대책을 마련해야 한다.

오늘의 한마디

3월이 곧 다가옵니다.
따뜻한 봄이 되기를 바랍니다.

정리
새우탕

화요일이다. 아침에 일어날 때 일요일로 착각했다. 오늘까지 쉬는 날이다. 지난 일요일부터 캠핑 중이다. 오늘은 정리를 해야 한다. 이번에는 캠핑 짐을 싣는 것부터 힘들었다. 한 해 한 해가 다르다. 캠핑을 시작하는 것보다 정리하는 게 더 힘들다. 사용하고 난 이후에 관리도 중요하기 때문이다. 모두 사용한 물건이 있다면 채워 넣어야 한다. 다음에 해야지 하다가는 잊어버리는 경우가 대부분이다.

캠핑 짐을 정리하는 일은 쉬운 일이 아니다. 생각보다 정리가 되지 않기도 한다. 상황에 맞추어 즉각 대응해야 하는 일도 있다. 자주 있는 일은 아니지만 텐트의 폴대가 부러지는 때도 있다. 텐트를 고정하는 부위가 찢어지기도 한다. 이럴 때는 정리하고 바로 A/S를 맡겨야 한다. 마찬가지로 다음에 하려고 하면 이미 늦었다. 잊어버리는 때도 있지만 다음에 출발 자체를 하지 못하기도 한다.

오늘은 빠르게 정리를 해야 한다. 아침에 간편식으로 해결하기로 했다. 우리나라의 밀키트를 비롯한 간편식은 엄청나다. 쉽고 빠르게 먹을 수 있고 간편하게 정리할 수 있다. 빠르게 정리해야 하는 상황에 아주 유용하게 활용할 수 있다. 시간도 절약하고 배도 든 든하게 채울 수 있기 때문이다. 이럴 때는 라면이 제격이다. 숙취 해소도 가능하고, 아침에 추위를 어느 정도 예방할 수 있다.

이번에는 컵라면으로 준비했다. 각자 먹고 싶은 컵라면을 종류별로 하나씩 샀다. 취향도 다르니 종류도 다르다. 집에서 한동안 라면을 먹지 않았다. 성장기 아이들에게 라면이 그리 좋지 않다. 아이들이 더 좋아하는 이유다. 라면이 맛있기도 하다. 둘리에 나오는 '핵폭탄과 유도탄들'의 라면송이 생각난다. "후루룹 짭짭 후루룹 짭짭 맛 좋은 라면~" 이렇게 시작하는 노래다.

아침 일찍부터 둘째가 라면이 먹고 싶다고 보챈다. 물이 끓기도 전에 자리에 앉아 직접 수프를 넣어두고 기다리고 있다. 기대하는 만큼 맛이 있을 것이다. 밖에서 먹는 라면이라 더 맛있을 거로 생각한다. 빨리 먹고 정리하는 일만 남았다. 정리할 때 힘들 걸 생각하면 벌써부터 캠핑을 왜 왔나 싶다. 라면 먹는 동안은 행복하기를 바란다. 내가 먹을 컵라면은 새우탕이다.

오늘의 한마디

캠핑을 가는 이유는
집이 편하다는 것을 알기 위함입니다.
집이 가장 편하지요~

"딸기시루 한 조각에 인생의 쓴맛을 잠시 잊을 때."

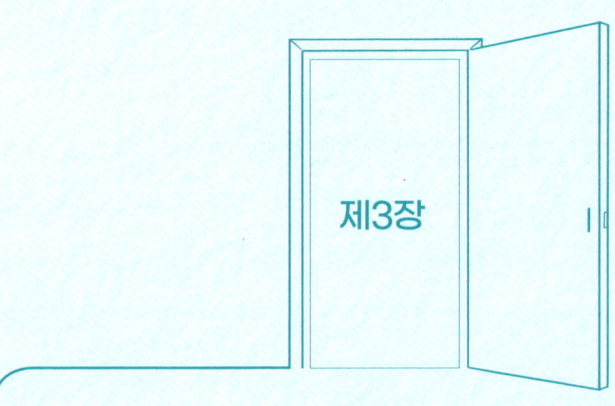

제3장

일 상

비워야 채워지는 '새신'의 미학

미라클 모닝과 새벽 글쓰기의 고단함을 솔직하게 인정하면서도,
꾸준히 나아가는 성장 지상주의를 유머러스하게 표현했습니다.

바다
막임암일

새해 첫 주말이다. 어제 오후에 바닷가에 왔다. 2박 3일 일정이다. 덕분에 오늘은 좀 늦게 일어났다. 어제저녁 늦게 잠든 이유도 있지만 장시간 운전이 피곤하기도 했다. 아침 일출을 본다는 계획은 지키지 못했다. 숙소가 바다를 보고 있어 창문을 열기만 해도 해가 떠오르는 모습을 볼 수 있는데도 말이다. 조금은 느슨하게 시작하는 주말이다. 비워야 채울 수 있다. 긍정적으로 생각해야 좋은 결과로 이어질 수 있다.

매일 먹던 약을 집에 두고 왔다. 하루 안 먹는다고 뭐가 달라지겠느냐 하는 생각이다. 요즘 들어서 느끼는 생각인데 조금씩 깜빡깜빡한다. 바로 직전까지 챙겨야지 해놓고 막상 출발할 때 잊어버린다. 예전만큼 기억력이 좋진 않다. 한 해 한 해 지나며 조금씩 빈도가 증가한다. 예전 어른들이 "내 나이 되어봐라."라고 했던 말들이 생각난다. 의도하지 않는데도 깜빡하는 것을 보면 말이다.

숙소가 생각보다 괜찮다. 얼마 전 새로 리모델링했다고 한다. 거기에 저렴한 비용은 덤이다. 집보다 편하지는 않지만 말이다. 캠핑하는 것에 비하면 엄청 편한 거다. 한겨울에 밖에 나와서 이런 호사를 느낄 수 있음에 감사한다. 이렇게 며칠 지나고 집으로 돌아가면 집의 소중함을 느낀다. 무언가 불편함을 느껴야 알 수 있는 느낌이기 때문이다.

바다를 보니 시원하다. 뭔가 뻥 뚫리는 기분이다. 작년 이리저리 혼란스러웠던 일들이 조금씩 풀리는 느낌이다. 시간이 해결해 줄 것이다. 어제는 사회의 문제를 해결하기 위한 한 과정을 시도했다. 결과는 실패다. 실패한 원인을 파악하고 보강할 필요가 있다. 미비한 점은 보완하고 개선해야 한다. 사회가 발전할 수 있는 이유는 계속해서 개선이 이루어지기 때문이다.

내일까지 좀 쉬면서 올해 계획도 세우려고 한다. 무언가 부족한 영역을 찾고 개선할 방안을 찾으려 한다. 달성할 수 있는 목표를 세우고 실행할 수 있도록 준비를 해야 한다. 많은 사람들이 지키지도 못할 약속을 한다. 자신의 계획을 방대하게 세우고 지키지 못하는 자신을 보며 자괴감에 빠진다. 이런 실수를 하지 않으려면 자신을 정확하게 파악해야 한다. 자신이 할 수 있는 일을 바탕으로 계획을 세워야 하기 때문이다.

오늘의 한마디

4일이네요.

작심삼일이 된 일이 있다면

다시 시작해 보세요.

122번만 다시 하면 이루어질 겁니다.

수면
시간

새벽에 글을 쓴다. 블로그에도 한 편, 브런치에 한 편을 쓴다. 3년여간 진행하다 보니 알람 소리 없이 일어난다. 최근 들어 수면이 부족하다는 생각이 들었다. 잠에 드는 시간을 앞당기려고 하지만 생각만큼 쉽지 않다. 잠을 잘 자야 건강하다. 잠을 자면서 우리 몸은 자연적으로 회복한다. 피로하고 힘든 일이 있다면 잠을 통해 스스로 회복하는 과정을 거친다.

좋은 생활 습관을 지니는 것도 좋지만 건강을 생각해야 한다. 건강하지 않으면 지속하기 어렵다. 마음의 안정을 얻고 생활하기 위한 최소한의 방법이다. 생활패턴을 바꾸고 건강하게 사는 방법을 찾을 필요도 있다. 더 나은 미래를 준비하기 위한 과정이다. 조금 잘못 진행되고 있는 것이 있다면 지금 패턴을 바꾸어야 한다. 지금 바꾸지 않으면 나중에는 수정하기 어렵다.

수면의 질을 높여야 정신건강에도 유리하다. 잠은 대부분의 의식 활동이 정지된다. 감정을 조절하는 힘이 되기도 한다. 잠을 자면서 불필요한 기억을 제거하기도 한다. 잊을 필요가 있는 기억을 계속 담아두고 있으면 문제가 생기기도 한다. 자신의 정신건강을 높이려면 수면의 질 관리부터 해야 한다. 신체의 회복에도 잠은 많은 도움을 준다.

　잠을 자면서 꿈을 꾸기도 한다. 의식 속에 있던 일들이 꿈속에서 이루어진다. 무의식에서 욕구를 해소하기도 하고 궁금증이 풀리기도 한다. 과거에 억눌렸던 일들이 해소되기도 한다. 이미지 트레이닝을 해보는 것도 좋은 방법이다. 잠잘 때 꾸는 꿈을 조절할 수는 없다. 꿈속에서 이루어진 일들을 되돌아보면서 현실 생활을 생각해 보는 과정을 통해 시행착오를 방지할 수도 있다.

　다른 사람들은 모두 잠자고 있는 시간을 활용한다는 것은 좋은 방법이다. 다른 사람들보다 많은 시간을 활용할 수 있기 때문이다. 새벽에는 집중도 잘 된다. 누구도 방해하지 않기 때문이다. 수면의 질을 관리하는 것도 필요하다. 사람마다 회복에 필요한 수면 시간이 있다. 새벽 시간을 잘 관리하면서도 수면의 질을 관리하는 것이 쉽지는 않다. 자기 조절 능력이 필요한 이유다.

오늘의 한마디

효과적으로 수면의 질을 높이는 방법을 아는 분 있으신가요?
노하우 공유 부탁드립니다.

개구리
휴 익

　대부분의 학교가 방학을 했다. 학교가 방학하면 아이들은 집에서 생활한다. 부모가 교사인 경우 방학과 동시에 아이들을 챙겨야 한다. 이런 말도 있다. '학교 일이 지겨울 만하면 방학하고, 방학 중 아이들 챙기기 힘들 때쯤 되면 개학한다.'라는 말이다. 방학을 하면 대부분의 집에서 아이들을 챙기기에 바쁘다. 식단을 짜야 하고, 스스로 공부하는 시간과 내용을 조율하는 것도 필요하다.

　휴식을 하면서도 일을 하는 사람들이 있다. 휴식을 취할 때는 모든 것을 내려놓을 필요도 있다. 그래야 채울 수 있기 때문이다. 잊어야 한다. 계획을 세울 때 세우더라도 지난 잘못은 잊고 새롭게 준비하는 것이 필요하다. 어떠한 일이 생기게 될지 아무도 모르기 때문이다. 준비하고 있는 일이 있거든 충분한 준비시간을 두고 시작하자. 그래야 성공할 수 있다.

　비워야 채울 수 있다. 어느 공간이든 비우지 않으면 물건을 놓을 수 없다. 추억이 있는 물건이라고 하더라도 버릴 때는 버려야 한다. 지난 시간 동안 스트레스를 받은 일이 있다면 잊을 필요도 있다. 휴식을 취하면서 그냥 쉴 것이 아니다. 지나간 일들을 잊고 앞으로의 일을 생각해 보자. 어떠한 일을 계획하고 실행할 것인지에 관하여 고민할 필요가 있다.

아직 겨울이다. 한파가 오고 눈발이 날린다. 눈이 온 지 며칠 되지 않았는데 다시 내린다. 도로가 얼어붙는다. 바닥이 미끄럽다. 이럴 때 다치지 않고 자기 컨디션을 유지할 수 있도록 해야 한다. 무언가 문제가 있다면 해결할 방법을 찾는 것이 필요하다. 개구리가 움츠렸다가 점프를 하듯 잠시 휴식하면서 기다리자. 무언가 도약할 기회를 포착해야 한다.

이번 주는 잠시 휴식을 취해보려고 한다. 다른 사람들을 만나면서 그동안의 삶을 되돌아보는 시간을 갖는다. 쉬면서 도약할 방안을 찾으려고 하기도 한다. 어떠한 삶을 살아가야 하는지 고민해 보는 것도 좋은 방법이다. 모두 주어진 삶을 한 번뿐이다. 하나에 매몰되어 다른 것을 하지 못하는 것은 구덩이에 빠진 개구리일 뿐이다. 우물 안 개구리가 되지 말자. 아주 깊은 우물에 빠지면 결국 바라보는 것은 작은 하늘이다.

오늘의 한마디

쉴 때는 쉬세요.

쉬어야 또 일합니다.

수면 부족
미라클 모닝

    최근 3년간 새벽에 일어나서 미라클 모닝을 했다. 새벽 시간에 글을 쓰고 하루의 일정을 확인한다. 다른 사람들이 잠들어있는 시간에 이러한 일정을 진행하니 하루를 길게 쓸 수 있었다. 단 하나의 문제가 있다면 잠이 부족하다는 것이다. 수면의 질이 좋지 않으면 건강에도 문제가 생긴다. 수면 부족으로 인한 스트레스가 증가하기 때문이다. 피부질환이나 가려움증도 수면 부족의 하나라고 한다. 몸이 붓기도 한다.

    새벽에 블로그와 브런치에 글을 하나씩 썼다. 브런치에 쓰고 있는 이 글도 539일째 쓰고 있다. 지속의 힘은 위대하다. 한 줄 쓰고 '뭘 써야 하나?'를 고민하던 때도 있었다. 매일 쓰다 보니 주제만 잡히면 이리저리 써 내려간다. 부담 없이 생각나는 대로 써 내려가면 된다. 어차피 수정하거나 고칠 내용이 있게 마련이다. 나중에 하면 된다. 부담 갖지 말고 쓰자.

    쓰기 위해서는 읽어야 한다. 인풋이 있어야 아웃풋이 있게 마련이다. 책을 읽어야 새로운 지식을 얻을 수 있다. 머릿속에서 뱅뱅 돌고 있는 이야기를 써봐야 내용에 큰 차이가 없다. 지식을 습득하고 생각하는 시간을 갖자. 생각하는 과정에서 다른 생각이 떠오르기도 한다. 생각의 변화로 새로운 발상이나 창의적인 생각으로 발전되기도 한다.

갑자기 어떤 일을 하고 싶다고 해서 몸이 바로 움직이지 않는다. 루틴이 필요한 이유다. 하고 싶은 일이 있으면 매일 같은 시간에 진행해 보자. 꾸준히 조금씩 하면 된다. 한 번에 모두 이루어지지 않을 수 있다. 그러면 할 수 있는 만큼만 실행하자. 그러면 된다. 매일 할 수 있는 만큼 진행하고 나중에 모으면 된다. 책 한 권 읽기가 부담스럽다면 하루에 10페이지씩만 읽자. 1,000페이지의 벽돌 책도 100일이면 읽을 수 있다.

루틴을 설정하고 진행할 때 건강관리도 신경을 써야 한다. 하루의 일정 시간은 걷거나 운동을 해야 한다. 건강해야 장기간 지속할 수 있다. 처음부터 무리할 필요도 없다. 천천히 욕심부리지 않고 실행하면 언젠가 완성된다. 자기 능력에 맞춰서 하루에 할 수 있는 정도만 하자. 내일의 나는 오늘의 나보다 0.1%만 성장해도 된다. 성장의 효과는 나중에 확인할 수 있다. 시간이 필요할 뿐이다.

- -

오늘의 한마디

연초에 계획한 일들

모두 실행하고 계신가요?

- -

세 차
눈

눈이 온다. 세차하려고 했는데 다음으로 미뤄야겠다. 세차는 차를 깨끗하게 닦아내는 것을 말한다. 겨울철에는 세차가 힘들다. 차를 닦으려면 물이 있어야 한다. 스팀으로 하는 경우도 있지만 전문 업체가 아니면 힘들다. 겨울철 낮은 기온으로 인해 물을 사용하는 것도 쉽지 않다. 문제가 또 있다. '세차해야지.'라고 마음먹었는데 눈이나 비가 내리는 때도 있기 때문이다.

눈이 오면 먼저 눈을 치우기 위한 작업을 한다. 제설 차량이 다니면서 염화칼슘이나 흙을 뿌리기도 한다. 블레이드를 달고 눈을 길가로 치우기도 한다. 눈이 오면 미끄러짐 사고가 발생할 수 있다. 차량이 미끄러지는 일도 있지만 길을 걷는 사람들이 미끄러지기도 한다. 언덕이 있는 곳에 거주하는 분들이라면 조심하고 또 조심해야 한다.

겨울철에는 차량을 깨끗하게 유지하기 힘들다. 염화칼슘이 뿌려진 도로를 지나가면 흙먼지와 같은 것들이 차량에 붙는다. 손잡이를 물티슈로 닦고 사용하기도 한다. 정 아니다 싶으면 손쉽게 세차를 하는 방법도 있기는 하다. 자동 세차를 돌리면 된다. 자동세차기에 들어가면 물을 뿌리면서 솔로 차량을 잘 닦아준다. 그런데 문제가 있다. 차량에 흠집이 나거나 스크래치가 발생하기도 하기 때문이다.

요즘은 '레이저 워시'라는 세차장도 있다. 비접촉으로 차량을 닦는다. 흠집이나 스크래치가 발생하지는 않는다. 고압의 물과 세정력이 강한 세제로 차를 닦아낸다. 이 방법도 문제가 있다. 차량은 광택을 위한 보호 면이 있다. 비접촉 세차를 진행한 이후에 광택제를 뿌려주는데 이것이 문제다. 차량에 광택제가 고루 퍼지지 않고 쉽게 말해 떡지는 현상이 발생하기 때문이다. 자동 세차에 비해 조금 비싼 것도 흠이다.

손 세차를 맡기는 방법도 있다. 세차 방법 중 가장 고가이다. 가격이 비싸지만 가장 확실하다. 세차를 사람이 직접 하니 실내외를 깨끗하게 닦아준다. 필요한 부분은 세 차전에 미리 이야기해 두면 조금 더 신경 써서 진행해 준다. 편리하다. 문제는 비용이다. 세차한 번에 10만 원 가까이 지출하게 된다. 그래도 손 세차를 맡기는 것은 그만큼 관리가 되기 때문이다.

오늘의 한마디

세차하기는 해야 하는데

언제 해야 할까요?

날씨가 따뜻해져야 하겠죠?

딸기시루
이 름

성심당 케이크가 인기다. '딸기시루' 이야기다. 이 케이크는 이름을 바꾸면서 유명해졌다. 원래 이름은 '스트로베리 쇼콜라 케이크'다. 과일 가격이 비싼데도 딸기가 많이 들어간 케이크의 가격이 상대적으로 저렴하게 느껴진다. 사람들에게 사랑받는 이유다. 성심당은 딸기 외에도 밤, 귤 등을 활용한 케이크를 판매한다. 매출을 올리는 데 일조하고 있다.

『칭찬은 고래도 춤추게 한다』라는 책이 있다. 이 책의 원제목은 'Whale Done!'이다. 우리말로 '칭찬의 힘'이라는 제목으로 출간했을 때는 그리 많이 팔리지 않았다. 이후 제목을 바꾼다. 우리가 알고 있는 '칭찬은 고래도 춤추게 한다.'라는 제목의 책은 이렇게 알려지게 되었다. 내용은 변화된 것이 아닌데 이름 하나로 사람들의 인식을 바꿀 수 있다.

이름을 바꾸는 사람들도 많이 있다. 이유는 여러 가지가 있다. 이름을 변경하면 아주 불편하지 않을까 싶기도 하다. 그런데도 이름을 바꾸는 사람들이 있다. 종합해서 정리해 보면 결국 다른 삶을 살기 위한 방법 중 하나다. 지금까지 살아온 인생과는 다른 삶을 꿈꾸는 사람이 되기 위한 노력이라고 보아도 된다. 물론 이름 하나 바꾼다고 해서 인생이 달라지지는 않는다.

강물이 흐르고 있다. 강물이 흘러가는 길을 바꾸기는 어렵다. 시간을 두고 조금씩 조금씩 물길을 변경하면 오랜 시간 이후에는 물길을 바꿀 수 있다. 끈기와 노력이 필요한 이유다. 자신의 습관을 바꾸고 끊임없이 노력하면 삶을 바꿀 수 있다. 끈기와 노력에 열정을 포함하면 가능하다. 엔젤라 더크워스의 그릿(GRIT)도 같은 맥락이다. 루틴을 만들고 꾸준히 노력하면 삶을 바꿀 수 있다. 단, 오랜 시간 누적되어야 한다.

1만 시간의 법칙은 전문가가 되기 위해 노력해야 하는 시간을 이야기하고 있다. 최소 1만 시간은 투자해야 한 분야의 전문가가 될 수 있다. 최소 3년 정도는 끈기를 가지고 노력해야 하는 이유다. 자신을 객관적으로 바라보는 힘도 필요하다. 내가 무엇을 알고 무엇을 모르는지 파악하는 자세도 중요하다. 모르는 것을 명확하게 알아야 필요한 공부를 할 수 있기 때문이다.

오늘의 한마디

시간이 될 때

인생을 바꾸기 위한

자신만의 방법을 찾아보는 게 어떨까요?

여행
성숙

　여행은 즐겁다. 여행 자체의 일정을 소화하는 것보다 즐거운 것
이 있다. 여행을 계획하고 그곳에 가기 위한 여정이 더 즐겁기 때
문이다. 미래를 만나본 사람은 없다. 어떠한 일이 생길지, 그곳에
서 어떠한 새로운 만남을 가지게 될지 기대되기 때문이다. 앞으로
일어날 일에 관한 긍정적인 생각은 여행을 더욱 즐겁게 해 준다.
새로운 만남보다 더 흥미로운 것은 없기 때문이다.

　여행을 통해 얻을 수 있는 것은 많다. 중요한 것은 시간이다. 나
의 시간을 투자한 만큼 깨달음이 있어야 한다. 그렇지 않으면 재충
전을 할 수 있어야 한다. 나의 마음을 알아차릴 수 있어야 진정한
여행이다. 마음의 울림을 발견하면 더 좋다. 누가 알려주는 것이
아니다. 스스로 깨달아야 가능한 일이기 때문이다. 사람의 경험에
따라 같은 상황을 두고도 얻는 깨달음이 다르다.

　경험은 소중하다. 자신의 발전은 경험을 통해 얻게 된다. 그냥 경
험만 하면 아무것도 남지 않는다. 나무의 나이테가 생기는 것처럼
의미를 부여해야 한다. 경험을 얻고 내 생각을 담아 표현하면 된
다. 하루를 살아가면서 의미 있는 시간이나 장소가 있다면 이때를

기억해도 된다. 경험을 통해 얻은 생각에 의미를 부여하는 과정이 반복되면 성숙한 사람이 된다.

생물학적 성숙과 심리적 성숙은 다르다. 생물학적 성숙은 가만히 있어도 이루어진다. 아무런 노력을 하지 않아도 시간이 지나면 성숙한다. 심리적 성숙은 필요한 것이 있다. 바로 '생각'이다. 생각하지 않으면 아무 일도 일어나지 않는다. 생각은 또 다른 의미를 만들어내기도 한다. 여러 가지 영역이 쌓이고 쌓이면 또 다른 연관성을 찾아낼 수도 있다.

성숙한 사람이 되려면 어떻게 해야 할까? 생각하는 시간을 많이 가져야 한다. 디지털 시대다. 독서하는 양이 점점 줄어들고 있다. 그만큼 생각하는 시간이 줄어들었다. 인스타 릴스나 유튜브 쇼츠와 같은 콘텐츠에 중독되기도 한다. 도파민이 계속해서 분비되면서 자연스레 생각하지 않는 존재로 만들어버린다. 스스로 수동적인 존재가 된다. 자신을 사랑하고 있다면 자기 삶의 주도권을 가져야 한다. 생각해야 하는 이유다.

....

오늘의 한마디

휴일입니다.

책 한 권 읽어보세요.

....

잠
회 복

모든 동물은 잠을 잔다. 잠은 빠르게 회복할 수 있는 시간이다. 피곤함에 지친 하루를 마감하면서 잠에 잘 들 수 있도록 하는 것이 필요하다. 수면의 질이 높아야 회복력도 빨라진다. 어떻게 피로를 해소하느냐는 잠의 질에 달려있다고 해도 과언이 아니다. 유난히 잠을 적게 자는 사람들이 있다. 돌연변이 유전자의 역할이라고 한다. 수면 시간과 회복하는 능력을 풀어갈 수 있는 방향성을 찾은 것이다.

피로한 상태를 회복하지 않으면 누적된다. 누적된 피로는 병이 된다. 오랜 기간 지속되면 건강이 악화하기도 한다. 하루하루의 영양 관리를 잘하고 적당한 운동을 해야 하는 이유다. 체중이 급격히 줄거나 늘었다면 건강에 문제가 있는 것은 아닌지 체크해 볼 필요가 있다. 미리 준비하고 대비해야 더 악화하기 전에 예방할 수 있다. 자신의 건강은 스스로 챙겨야 한다.

나의 미래는 누가 알려주지 않는다. 스스로 선택하고 결정해야 한다. 다가올 미래를 알고 있는 사람도 없다. 예언가가 예언하는 것은 추상적인 결과에 관한 의견이다. 신통하다는 점술가도 방향성을 제시해 줄 뿐이다. 정확하게 맞추는 사람은 없다. 사람들의 불안심리는 정확하지 않은 정보에 의존하게 만든다. 사이비 종교도 같은 맥락이다.

정치도 비슷하다. 선거철에는 온갖 감언이설로 사람들을 구워삶는다. 당선되고 나면 언제 그랬냐는 듯 주변에서 찾아볼 수도 없다. 시장을 돌아다니고 길거리를 누비며 악수하던 모습은 온데간데없다. 국회나 의회에 있어야 할 사람은 어디에 있는지 찾기도 힘들다. 선거철에만 반짝할 것이 아니라 국민이 무엇이 필요한지 파악해야 한다. 어떤 곳이 가려운지를 긁어주어야 한다.

최근 있었던 수많은 일들은 국민을 피곤하게 한다. 정치에 신경을 쓰지 않으면 좋겠지만 계속된 정보가 쏟아져 나오면서 스트레스를 받게 되기도 한다. 스트레스는 만병의 근원이다. 빠르게 회복할 수 있도록 다양한 회복 방안을 찾아야 한다. 중요한 것도 있다. 책임을 질 일이 있다면 정확히 책임을 물어야 한다. 어물쩍 넘어가면 또 다른 역사가 반복될 뿐이다.

....

오늘의 한마디

오늘 저녁은 일찍 자야겠네요.

왜냐고요?

피곤하니까!

....

커피
적당함

커피의 종류는 많다. 고양이를 이용한 커피도 있다. '루왁 커피'라고 한다. 일명 고양이 똥 커피다. '루왁'이라는 사향고양이에게 원두를 먹인다. 배설물로 나오는 원두를 가공해서 만드는 커피다. 사향고양이가 원두를 먹고 소화하는 과정에서 커피의 맛이 좋아진다고 한다. 가격도 비싼 편이다. 구하기도 쉽지 않다. 많은 사람들에게 인기를 누리고 있기 때문이다.

인간 루왁 커피를 만들겠다는 사람이 있었다. 호주의 코미디언이다. 엄청난 양의 원두를 삼켰다. 결국 장폐색으로 병원에 실려 가서 수술했다고 한다. 원두가 소화되지 않고 장을 막아서 생긴 일이다. 먹는 것을 가지고 함부로 실험해서는 안 된다. 건강에 큰 문제가 생길 수 있기 때문이다. 사람의 배설물에서 나온 커피를 마시는 사람은 더더욱 없지 않을까 싶다.

커피를 마시면 집중력을 높일 수 있다. 공부할 때 커피를 마시는 사람이 많은 이유다. 요즘 보면 한 집 건너 한 집은 커피와 관련 있는 집이다. 심지어 한 건물에 3개의 브랜드 커피전문점이 들어있기도 하다. 커피전문점이 이렇게 많은데 유지가 되는 걸 보면 신기할 정도다. 우리나라 사람들의 커피 사랑은 전 세계인들이 인정할 정도다. 커피를 마시고 일도 열심히 하기 때문이지 않을까 싶다. 한강의 기적은 커피에서 시작된 건 아닐까?

한때 커피에 관심이 많았다. 바리스타 자격증과 카페 마스터 자격증도 취득을 해두었다. 사실 자격증은 결과로 말해주는 것뿐이다. 자격증을 취득하기 위한 과정이 중요하다. 자격증을 취득하면서 여러 가지 커피를 제조할 수 있게 되었다. 몇 년간 학생들과 동아리 활동으로 학교 내의 카페를 운영하기도 했다. 미래엔 어떤 일을 할지 아무도 모른다. 커피와 관련한 일을 할 수도 있겠다는 생각이다.

사람 일은 아무도 모른다. 누가 알려주지도 않는다. 미래는 준비하는 만큼 나에게 다가온다. 갑작스러운 출세는 없다. 조금씩 노력하고 준비하다 보면 이루어지는 것이다. 조금씩 방향을 바꾸면 언젠가 다른 방향으로의 성장도 가능하다. 꾸준함이 보장되어야 가능한 일이다. 1만 시간의 법칙은 단순히 시간 투자만 이야기하는 것이 아니다. 꾸준히 도전하는 과정에서 겪는 시행착오도 바탕이 되어야 하는 이유다.

오늘의 한마디

커피에는 카페인이 들어 있습니다.

카페가 커피라는 뜻이고

인은 들어있다는 뜻이죠.

카페인은 각성효과가 있어요.

너무 많이 마시면 건강에 좋지 않습니다.

뭐든 적당한 게 가장 좋지요.

튀김소보로
성심당

성심당에 방문했다. 대전에 빵을 사러 간 것은 아니다. 1박 2일로 연수에 참여했다. 저녁 10시가 넘은 시간이었다. 필요한 물건을 사려고 숙소 앞 편의점에 들렀다. 입구를 보니 성심당 바로 앞이었다. 다음 날 아침에 방문하기로 했다. 8시에 판매가 시작이다. 문을 열자마자 구매하면 아침 연수에 늦지 않게 참여할 수 있었다. 다음날을 기약하고 숙소로 돌아갔다.

숙소에서 성심당을 검색했다. 빵을 사기 위해 SNS를 검색하는 건 드문 일이었다. 전국적으로 유명한 빵집을 방문하기에 준비가 필요했다. 처음 방문하는 성심당인 데다가 연수 시작 시각에 늦지 않기 위해서다. 총 10종류의 튀김소보로 세트가 판매되고 있었다. 하루 종일 차에 보관해도 문제가 되지 않는 튀김소보로만 사기로 했다. 성심당이 있고 건너편에는 튀김소보로만 판매하는 '튀소정거장'이라는 곳이 있었다.

다음 날 아침 7시 40분쯤 숙소를 나섰다. 튀소정거장은 숙소에서 횡단보도 하나만 건너면 되는 곳이다. 너무 일찍 왔나 싶기도 했다. 문 앞에서 기다렸다. 내가 서있으니 자연스레 벤치에 앉아

있던 다른 사람들도 줄을 섰다. 문을 열기 직전 건너편 성심당과 튀소정거장에 매장 직원으로 보이는 사람들 여럿이 분주하게 움직였다. 횡단보도를 단체로 건너며 물건을 나르기도 했다.

8시다. "기다려주셔서 감사합니다."라는 말과 함께 튀소정거장 문이 열렸다. 내가 1번이다. 이후 다른 사람들도 많이 들어왔다. 순식간에 매장 안이 혼잡해졌다. 출근길에 빵을 사기 위해 방문하는 사람들도 많았다. 숙소가 바로 앞이라 일찍 방문할 수 있었다. 행운이지 싶다. 덕분에 아침을 기분 좋게 시작할 수 있었다. 아이들에게 빵을 산 사진을 보냈다.

작은 빵 하나로 사람들의 마음을 움직일 수 있다. 연수에 참여한 선생님들은 튀김소보로 빵을 선물로 사려고 하는 분들도 있었다. 성심당이 숙소 바로 앞이었다는 사실을 모르는 분들도 있었다. 밖에 나가지 않으면 모를 일이다. 사실 편의점에 나가보지 않았으면 나도 모르고 있었으니 말이다. 다양한 경험은 새로운 경험과 이어진다. 새로운 상황이 눈앞에 펼쳐질 수 있기 때문이다.

오늘의 한마디

성심당에서

예전에는 KTX로 배달도 했는데

요즘에는 대전 시내만 배달이 가능하다고 하네요.

냉동 피자
1 위

편의점이나 마트에 가면 어떤 물건을 살 수 있을까? 다양한 음식을 살 수 있다. 그중에서 간편식을 사는 경우가 많다. 빠르게 음식을 먹고 처리할 수 있으면 더욱 좋다. 편의점에서 많이 팔리는 음식 중의 하나가 냉동만두다. 요즘은 냉동 피자가 더 많이 팔린다고 한다. 피자가 식사 대용으로도 각광을 받고 있기 때문이다. 다양한 맛의 피자가 판매되면서 더욱 인기를 누리고 있다.

항상 1위를 하는 경우는 드물다. 시대가 바뀌면 사람들의 생각이 변화하기 때문이다. 1위를 하려면 조금씩 변화해야 한다. 가만히 있으면 지금은 괜찮을지 몰라도 언젠가는 뒤처진다. 1위를 하기 위해 노력하는 사람들이 많이 있기 때문이다. 유재석, 강호동, 신동엽 등의 예능 진행자들이 계속 그 자리를 유지하는 것도 끊임없는 노력이 있기 때문이다.

경쟁을 하고 있다면 상대방을 관찰해야 한다. 상대방의 강점과 약점을 파악하고 대안을 찾아야 한다. 나만의 강점이나 약점을 알고 있는 것도 필요하다. 새로운 경쟁을 하고 있다면 더더욱 그렇다. 자신의 전략을 설정하는데도 유용하기 때문이다. 나를 알고 상대방을 알면 대처할 수 있는 영역은 넓어진다. 내가 필요한 것은 무엇인지, 상대방이 가지고 있는 것은 무엇인지를 파악할 수 있다.

누군가에게 도움이 될 수 있는 사람이 되고 싶다면 어떻게 하는 것이 좋을까? 내가 잘하는 것을 베풀어야 한다. 이타성을 바탕으로 다른 사람에게 도움을 줄 수 있다. 내가 잘하는 것을 나누어주면 자신감도 생긴다. 나의 존재를 인정받을 수도 있다. 다른 사람에게 도움을 주면서 자존감도 상승한다. 도움을 받은 상대방이 감사 표현을 하기도 한다. 만족감은 더욱 높아질 수 있다.

정상에 오르면 언젠가 내려와야 한다. 항상 정상에 있을 수는 없다. 누군가에게 자리를 내어주는 것도 필요하다. 내려올 때도 생각해 볼 것이 있다. 천천히 내려오는 방법은 어떤 것이 있을지도 고민해 보아야 한다. 잘못하면 중심을 잃고 쓰러질 수 있다. 정상에 오를 때까지 쏟은 에너지는 이미 소모되었다. 내려올 때 조심해야 하는 이유다. 천천히 내려오면 주변 사람들이 보인다. 앞만 보고 달려왔다면 주변을 살펴보자.

오늘의 한마디

경쟁하는 것도 좋지만
주변 사람들을 챙겨보는 것도 좋겠습니다.
결국 나에게 다시 돌아올 테니까요.

라면
경제

라면값이 오른다. 라면뿐만이 아니다. 맥줏값도 오른다. 물건의 값이 오르는 주기가 점점 짧아지고 있다. 물가가 하루가 멀다 하고 오르고 있다. 물건값의 변화가 점점 빨라지다 보니 마트에 장을 보기가 무서워지기도 한다. 오르지 않는 것은 월급뿐이라는 볼멘소리가 여기저기서 들려온다. 소비를 극도로 아끼려고 하는 사람들도 늘어나고 있다.

경기가 위축되면 생기는 문제가 있다. 돈이 돌지 않는다. 정말 필요한 생필품 외에는 물건을 사지 않는다. 구매하더라도 최대한 나중으로 미룬다. 당장 먹고사는 데 필요한 물건 위주로 구매하게 된다. 결국 사회 전체로 불경기가 확산한다. 악순환의 반복이다. 계속되는 경우 소상공인부터 피해가 시작된다. 대기업은 그나마 버틸 여력이 있지만, 전 재산을 올인한 소상공인은 힘들게 버텨야 한다.

홈플러스의 위기도 심상치 않다. 홈플러스에서 매장을 운영하는 사람들도 상당수 있다. 이들에게 지원해 주어야 한다. 하나둘씩 문제가 생기기 시작하면 걷잡을 수 없이 커지게 된다. 결국 가정경제도 문제가 생기게 된다. 버티고 버티다 무너지게 되는 결과를 얻을 수 있다. 환율이나 원재룟값 상승 이야기만 하지 말고 근본적인 원인을 찾아야 한다.

외국에서 바라보는 우리나라는 어떨까? 왜 환율이 오르고 있을까? 우리나라의 환율이 오르고 있는 것은 국격이 문제가 된 것은 아닐까? 환율이 오르는 것으로 인해 대외적인 물건값이 상대적으로 싸지고 있는 것은 아닐까? 대기업은 오히려 이런 상황을 반기고 있는 것은 아닐까? 왜 이런 상황을 국민이 모두 감수해야 하는지도 궁금하다. 작년 12월부터 지속되고 있는 경제 위기는 현재진행형이다.

낮 기온이 23도까지 올라가고 있다. 완연한 봄이다. 겨울이 가고 있다. 아직 아침저녁으로는 쌀쌀한 바람이 분다. 환절기에 건강관리를 잘해야 한다. 감기에 걸리면 빠르게 병원으로 갈 필요가 있다. 원인을 진단하고 약을 먹거나 치료해야 한다. 방치하다가는 더 큰 질병에 걸릴 수 있다. 우리나라의 경제 상황도 빠르게 진단하고 처방해야 한다. 더 큰 문제가 생길지도 모르기 때문이다.

오늘의 한마디

안 오르는 게 없네요.
월급이나 오르면 좋겠어요.

달 걀
주객전도

달걀 가격이 오른다면 어떻게 하는 것이 현명할까? 달걀을 당분간 안 먹거나 비싸더라도 사들인다. 다른 해결 방법도 있다. 여건이 된다면 닭을 기르는 방법이 있다. 직접 달걀을 얻으면 살 이유는 사라진다. 닭을 키우기 위한 사룟값이나 닭장을 유지하는 비용이 들어간다. 달걀 가격이 오른다고 해서 닭을 직접 키우는 사람들이 거의 없는 이유다.

'배보다 배꼽이 더 크다.'라는 말이 있다. 비슷한 말로는 주객전도라는 말도 있다. 포인트를 맞추어야 할 부분에 맞추지 못할 때 쓰는 말이다. 달걀 가격이 오른다고 닭을 키운다고 생각해 보자. 결국 닭을 키우기 위한 부대비용이 더 들어가게 된다. 금전적인 이득이 없기에 실효성이 없는 방법이라고 생각하면 된다. 필요한 것을 얻기 위한 여러 가지 방법이 있다.

어떠한 일이든 초점을 잘 맞추어야 한다. 목표를 정확하게 해야하는 이유다. 공부할 때도 목적과 목표를 정확하게 설정해야 한다. 한꺼번에 여러 가지를 하는 경우 문제가 생기기도 한다. 시간도 오래 걸리고 원하는 목표를 달성하기도 어렵다. 상황이 허락된다면 선택과 집중이 필요한 이유다. 집중해서 처리하면 빠르게 처리할 수 있다.

  사회가 발전하면서 목표 달성을 위해 여러 가지를 신경 써야 하는 경우도 있다. 이때에도 주객이 전도되지 않도록 해야 한다. 목표한 것을 정확하게 추진해야 한다. 혹시 미진한 부분이 있다면 나중에 보완하면 된다. 오랜 시간을 투자해도 결과가 좋지 못하면 효율성이 떨어진다. 과감히 정리하는 자세도 필요하다. 가성비라는 말도 있다. 투자한 비용이나 시간에 비해 효율성이 높은 경우에 사용하는 말이다.

  사람들은 가성비가 좋은 제품을 원한다. 막상 가성비가 좋다고 해서 산 제품을 살펴보면 그렇지도 않다. 기업에서 판매하는 물건은 가격과 성능이 비례하기 때문이다. 적당한 가격을 설정하고 판매해야 이득이 남는다. 기업은 이득이 남지 않는 물건을 판매할 이유가 없다. 당연히 가성비라는 말은 허상에 불과하다. 물건의 가격이 적정하다는 말이 더 맞는 말이다.

오늘의 한마디

어떤 물건이든 오래 사용해 보세요.
가성비가 좋은 제품은 사용 빈도와 횟수가 많으면 됩니다.

생성형 인공지능
사진

'생성형 인공지능으로 만들어달라고 해도 이것보다는 낫겠다.'

광고를 위한 사진을 찍었는데 이런 이야기를 들었다면 어떨까? 새로운 드라마 광고 사진 이야기다. 주인공이 역기를 들고 있다. 손의 위치도 애매하다. 엄청나게 힘들게 들고 있는데 웃음이 가득하다. 상황과 표정이 연결되지 않다 보니 어색하기 짝이 없다. 어떻게 해석해야 할까?

생성형 인공지능으로 많은 일을 할 수 있다. 최근 챗GPT로 만든 사진이 인기다. 일본의 애니메이션 업체의 스타일로 만들어낼 수 있다. 일명 지브리 스타일이다. 사진을 입력하고 "지브리 풍으로 바꿔줘."라고 요청하면 된다. 많은 사람들이 카카오톡 프로필 사진을 바꾸기도 했다. 많은 사람들이 이 기능을 선호했다. 반면, 챗GPT에 개인정보를 제공한다는 우려를 낳기도 했다.

인공지능으로 사진을 만들어내기도 한다. 사람들의 이미지를 본떠서 사진으로 만들어준다. 언뜻 보면 괜찮다. 천천히 살펴보면 아직은 미숙하다. 그나마 다행이다. 전혀 구분되지 않는 것보다는 낫다. 인공지능이 만들어낸 사진이나 동영상으로 인한 피해도 발견되고 있다. 이른바 딥페이크를 활용한 범죄다. 사람들의 사진을 기반으로 해서 동영상을 만들어낸다. 가짜 뉴스에도 이용된다.

디지털 시대다. 디지털화된 생활패턴은 거스를 수 없는 대세다. 디지털로 만나는 다양한 방법이 있다. 디지털 윤리도 강조된다. 정보를 받아들일 때도 방법이 필요하다. 정확한 정보인지 확인을 해야 한다. 거짓 정보이거나 잘못된 정보를 제공하는 경우 걸러낼 수 있는 거름망도 필요하다. '세종대왕의 맥북 사건'으로 유명한 일화도 있다. 이른바 '할루시네이션'이다.

어떤 정책이나 새로운 물건이 나오는 경우를 생각해 보자. 기존의 틀을 깨뜨리는 경우 새로운 문제를 만들어낼 수도 있다. 대부분의 영역이 윤리적인 측면은 나중에 보완된다. 사람들이 다양하게 활용하는 결과로 문제가 발생하기 때문이다. 이를 해결하기 위해 법과 제도를 만들어낸다. 이때 형성되는 것이 윤리적인 측면이다. 디지털 윤리도 이러한 측면에서 접근하게 된다.

오늘의 한마디

디지털 시대를 살아가고 있습니다.
긍정적인 면만 생각해도 바쁜 시간입니다.
생성형 인공지능을 잘못 사용하거나
엉뚱하게 사용하지 않으면 좋겠습니다.

사 진
거짓말

사진은 물체의 형상을 감광막 위에 찍어서 보존하는 그림이다. 사진은 사실적이다. 실제 있었던 기록을 남기는 방법이기 때문이다. 글로 적는 경우 시간이 필요하다. 사실을 묘사하는 것보다 사진을 찍어두는 게 더 빠르고 정확하다. 사진은 거짓말을 하지 않는다. 사진을 활용하는 경우가 많은 이유다. 강의를 들을 때 필기를 하기 힘든 상황이면 사진을 찍어두는 방법도 있다. 사진은 참 편리한 기록 방법이다.

옛날 사람과 요즘 사람을 구분하는 기준을 사진 찍는 방법에서 찾기도 한다. 사진 찍을 때 유심히 관찰해 보자. 스마트폰 사진 찍는 데 인색한 사람은 옛날 사람이다. 예전에 사용하던 사진기는 필름을 사용했다. 필름 가격이 비싸다 보니 아껴서 찍었다. 필름뿐만이 아니다. 현상하는데도 비용이 상당히 많이 들어간다. 잘 나온 사진은 액자에 걸어두기도 한다. 액자 비용도 만만치 않다.

요즘은 스마트폰으로 사진을 쉽게 찍을 수 있다. 연사 촬영도 가능하다. 그러다 보니 사진을 찍을 때 마구 누른다. 가장 잘 나온 사진을 선택하면 된다. 여러 명이 함께 사진을 찍을 때 유용하다.

사진을 찍는 횟수를 늘리면 더 좋은 사진을 얻을 수 있다. 여러 번 반복하면 얻을 수 있는 결과다. 결국 실패를 하더라도 꾸준히 반복하고 노력하면 성공할 수 있다. 실패도 소중한 경험이 된다.

모든 것은 노력한 결과다. 사진을 찍을 때도 마찬가지다. 처음부터 사진을 잘 찍는 사람은 없다. 구도를 잡고 어떻게 하면 잘 찍을 수 있는지 연구해 보아야 한다. 사진을 여러 번 찍어보고 수정하면 된다. 예전 필름 카메라를 사용할 때처럼 큰 비용이 들어가지는 않는다. 노력과 시간이 필요할 뿐이다. 하고자 하는 의지만 있으면 할 수 있다. 성공하기까지의 여정이 힘들 뿐이다.

사진은 거짓말을 하지 않는다. 얼마 전까지는 그랬다. 인공지능 기술이 발달하면서 사진도 거짓말을 하기도 한다. 인공지능으로 만들어낸 사진도 있다. 내가 가지 않은 곳에 나의 사진이 있다면 정말 황당하고 당황스러운 일이다. 딥페이크로 사람의 얼굴을 바꾸기도 한다. 무서운 세상이다. 어쩔 수 없이 인공지능과 함께 살아가는 현대인들의 비극이기도 하다. 중요한 것은 진실이다. 진실은 본인만이 알고 있다.

오늘의 한마디

사진을 잘 찍으려면 어떻게 해야 할까요?

꾸준히 연습하고 노력해야 합니다.

기술을 연마하는 건

몸이 기억해야 하니까요.

와이파이
개인정보

와이파이는 무선 데이터를 사용하는 데 사용된다. 스마트폰을 연결하거나 태블릿 또는 노트북을 연결해서 사용하게 된다. 와이파이 중계기가 설치된 곳이라면 어디든 사용할 수 있다. 스마트폰의 핫스팟을 켜서 와이파이를 사용할 수도 있다. 와이파이를 사용하려면 조건이 있다. 비밀번호를 입력해야 사용할 수 있다. 비밀번호를 모르면 와이파이는 작동되지 않는다.

처음 방문한 장소에 와이파이가 자동으로 연결되었다면 어떨까? 중국에서 일어난 일이다. 처음 간 호텔의 와이파이에 자동 연결이 되었다. 이 일로 서로 사귀던 관계인 남녀는 헤어지게 되었다. 믿을 수 없다고 생각했기 때문이다. 원인을 알아보니 다른 곳에서 사용하던 아이디와 비밀번호가 똑같았다고 한다. 와이파이를 사용하는 경우 비밀번호는 대부분 자동으로 저장된다.

무선 인터넷은 편리하다. 이동 중에도 사용할 수 있기 때문이다. 믿을 수 있는 곳이라면 마음 놓고 사용해도 되겠지만 처음 방문하는 곳이나 믿을 수 없는 장소에서의 와이파이 사용은 자제하는 것이 좋다. 개인정보가 털릴 수 있기 때문이다. 데이터 비용을 아끼려다 큰 피해를 보게 되기도 한다. 개인별 개인정보 관리에도 신경 써야 한다. 보이스피싱 등의 범죄 조직은 이러한 정보를 노린다.

최근 SKT 유심 정보 유출로 많은 사람들이 불편을 겪고 있다. 개인정보가 어떻게 빠져나가고 어떻게 활용될지 아무도 모르기 때문이다. 천문학적으로 많은 양의 개인정보는 범죄에 이용될 소지가 있다. 빠르게 안정화될 수 있도록 적극 지원해야 하는 이유다. 비밀번호 하나로 계좌의 개설과 해지도 가능한 세상이다. 철저한 개인정보 관리가 필요하다.

얼마 전 이슈가 되었던 딥페이크도 그렇다. 악의적으로 사진을 도용해서 동영상이나 사진을 만들어냈다. 불특정 다수의 사람에게 피해를 주었다. 딥페이크로 인한 피해는 주워 담기 힘들다. 디지털로 만들어진 파일은 인터넷 세상을 돌아다닌다. 디지털 범죄는 심리적인 피해를 보는 경우가 많다. 정리를 하려고 해도 계속 재생산되기도 한다. 개인정보를 활용한 범죄는 사라져야 한다.

....

오늘의 한마디

유심 재설정으로
유심 교체 효과를 얻을 수 있다고 합니다.
빠르게 해결되기를 바랍니다.

....

징크스
루틴

징크스란 불길한 징조를 이야기한다. 사람이나 물건에 빗대어 이야기하기도 한다. 으레 그렇게 될 수밖에 없는 악운으로 여겨지기도 한다. '재수 없다.'라는 말로 표현되는 일도 있다. 징크스를 없애기 위해 다양한 루틴을 활용하기도 한다. 이렇게 준비했더니 잘 풀리더라는 경험에 의한 예도 있다. 징크스는 자신만의 운을 가지고 오기 위한 자기만족에 가깝다.

운동경기를 앞둔 선수들에게 징크스는 깨야 하는 과제이다. 징크스라고 생각하면 성적 부진에 빠지기도 한다. 어떤 준비를 해야 하는지 생각할 시간이 필요하다. 자신의 방법을 찾지 못하면 징크스에서 헤어 나오지 못하는 일도 있다. 자신을 자책하고 분노를 이기지 못하기도 한다. 회복탄력성이 필요한 이유다.

회복탄력성이란 개안이 스트레스를 잘 이겨낼 수 있는 능력이다. 징크스에서 벗어나려면 어려운 상황에서도 다시 도전할 힘이 있어야 한다. 회복탄력성이 강한 사람은 좌절하지 않는다. 오히려 이전보다 더 튀어 오를 수도 있다. 자기 능력을 믿고 과감히 도전하기 때문이다. 문제의 원인을 파악하고 정면으로 돌파하려고 하는 노력이 필요한 이유다.

징크스라고 생각하면 결국 헤어 나오지 못하게 된다. 자신을 실패의 틀에 가두고 지속적으로 괴롭히게 된다. 부정적인 생각이 가득하면 부정적인 결과가 나오게 된다. 부정을 긍정으로 바꾸어야한다. 생각이 긍정적으로 바뀌면 자연스럽게 긍정적인 행동으로 변화된다. 자기 능력을 믿고 조금씩 변화를 느끼면 된다. 변화는 한 번에 이루어지지 않는다. 세상에 갑자기 변화하는 건 아무것도 없다.

로또 1등을 맞으면 갑자기 인생이 바뀔 거로 생각하는 경우도 있다. 아니다. 틀렸다. 로또 1등을 맞으려면 로또를 사야 한다. 이 작은 노력조차 하지 않으면서 일확천금을 바라는 사람들도 있다. 작은 노력이 모여야 변화가 이루어진다. 스스로 해결하려고 하는 의지가 있어야 한다. 징크스라고 생각하면 해결할 수 없게 된다. 회복탄력성은 충분히 향상할 수 있는 역량이다.

오늘의 한마디

루틴의 힘은 엄청납니다.

변화가 필요하다면

루틴을 세우고 습관으로 만들어보세요.

삶이 달라집니다.

휴식
쉼

휴식이란 하던 일을 멈추고 잠깐 쉬는 것을 말한다. 현대인들에게 휴식은 필수다. 비워야 채울 수 있다. 쉼 없이 계속 달리면 언젠가 지친다. 잠깐의 휴식은 다시 달릴 수 있는 원동력이 된다. 가끔은 하던 일을 멈추고 잠시 쉬어보는 건 어떨까? 주기적으로 쉼을 가지면 더 멀리, 더 높이 갈 수 있다. 쉼이 있어야 도약도 있다. 조금 멀리 보고 살아갈 필요가 있다.

휴식을 취한다고 하면서 일을 하는 경우도 있다. 그냥 쉬기에는 아까운 시간이니 책을 읽기도 한다. 이런 방법은 올바른 쉼의 자세가 아니다. 모든 것을 놓아두고 쉬어야 한다. 쉼 없이 계속하면 언젠가 소진이 될 수 있다. 소진이 되면 결국 모든 것을 하지 못하게 된다. 다양한 상황에 대처할 수 있도록 잠시 쉬어 빈자리를 만들어두자.

나의 마음 공간도 일부는 비워야 한다. 다른 사람들이 잠시 머물다 갈 자리를 만들어두면 된다. 잠시 여유를 가지고 관계를 형성해야 한다. 마음속의 공간은 다른 사람들이 편하게 접근할 수 있도록 해준다. 여유가 있어야 더 멀리 볼 수 있다. 멀리 보아야 더 많이 볼 수 있다. 미래를 내다볼 수 있어야 준비도 가능하다. 조금만 여유를 가지고 삶을 누릴 필요가 있다.

말 그대로의 휴식을 갖는 것은 어렵다. 해야 할 일이 있기 때문이다. 모든 것을 내려두고 휴식을 하기에는 부담스러운 이유다. 내가 쉬게 되면 누군가에게 피해를 주는 것은 아닐지 고민이 되기도 한다. 그래도 쉬자. 잠시만 내려놓으면 또다시 달릴 수 있는 에너지를 얻을 수 있다. 진정한 휴식은 일상에서 벗어나는 것부터 시작이다. 삶의 공간에서 벗어나 보는 계획을 세워보자.

하루는 24시간이다. 그중 얼마나 쉼을 가지고 있는가? 다른 사람들과의 만남이 쉼이라고 생각하는 사람도 있지만 반대의 경우도 있다. 사람들과의 만남은 에너지의 소진이라고 생각하기도 한다. MBTI의 I 성향과 E 성향은 많은 차이를 보인다. 자신의 성향을 정확히 파악해야 하는 이유다. 정확한 성향을 파악하고 자신에게 맞는 쉼 방법을 찾아서 쉬어보자.

오늘의 한마디

쉬어보세요.

오늘의 과제입니다.

올드카
생각

　올드카의 인기가 지속되고 있다. 오랜 기간 가지고 있으려면 관리도 필요하다. 소모성 부품을 구하기 편리해야 한다. 만약 사고가 발생하면 수리가 가능한지도 확인할 필요가 있다. 올드카의 경우 환경기준을 통과하기 어려운 때도 있다. 이때에는 어떻게 해결할 수 있을지도 고민해 보아야 한다. 올드카로 등록하고 체계적으로 관리할 수 있는 시스템이 마련되면 좋겠다.

　오래된 것은 무조건 버리던 시절도 있었다. 새 제품이 나오면 기존의 물건은 구닥다리 신세가 되기도 했다. 물건을 버리고 새로 사면서 불필요한 지출을 하기도 했다. 요즘은 분위기가 다르다. 오래된 차량도 잘 관리하고 가꾸면 오랜 기간 사용할 수 있다. 주변 사람들의 시선도 즐길 수 있다. 포니가 도로에 나타나면 주변 사람들의 시선은 한곳에 모이게 된다.

　새로운 물건도 좋다. 새 제품에는 여러 가지 신기술도 들어있다. 자동차를 살펴보자. 요즘은 전기차도 꽤 많다. 전기차에서 바로 전원을 끌어서 전자레인지도 돌릴 수 있다. 차박을 하거나 급할 때 유용하게 쓸 수 있는 기능이다. 주행할 때는 자율주행도 가능하다. 주변 차량을 감지해서 차선 변경을 하기도 한다. 고속도로에서는 정해진 도로를 따라 달리기도 한다. 잘 활용하면 편리하게 쓸 수 있는 기능이다.

옛날 감성을 느끼려는 사람들도 있다. 아이들의 경우는 오히려 예전에 사용하던 물건에 재미와 흥미를 느끼는 사람들도 있다. 아예 새로운 문화로 접근하기도 한다. 지금의 아이들은 기성세대가 어렸을 때 느꼈던 느낌이 들어본 적이 없기 때문이다. 아날로그 방식에 관심을 가지고 탐구하려고 하기도 한다. '신기하다'라고 느끼는 모양이다. 과거가 있어야 미래도 있는 법이다.

미래는 만들어가는 것이다. 어느 날 갑자기 없던 물건이 뚝딱하고 만들어지지 않는다. 차근차근 진화하게 마련이다. 자동차도 처음부터 잘 달리고 서지는 못했다. 말이 끌던 마차 대신 엔진을 사용하기 시작했다. 초기에는 외연기관의 불 때는 곳 위에 사람이 타고 있어서 화상을 입기도 했다. 기존의 틀을 벗어나려면 다른 발상으로 시작해야 한다. 생각을 바꿔야 하는 이유다.

오늘의 한마디

날씨가 좋네요. 이제는 눈은 안 오겠죠?

세차나 하러 가야겠어요.

홍 대
놀러 와요, 마음상담소

예측하지 못한 일들이 일어나고 있다. 시기를 특정할 수는 없다. 대략 매일 쓰기 시작한 이후부터다. 브런치에 글을 쓰면서 상위 노출이 되었다. 주제가 학년 초 학교의 풍경과 관련된 이야기였다. 이 내용을 보고 한 출판사에서 연락이 왔었다. 이후 진행된 책이 출판되었다. 『놀러 와요, 마음상담소』라는 책이다. 초중고 선생님들이 학생 지도를 하면서 겪은 일이 주된 내용이다.

이때 방승호 선생님을 만났다. 노래하는 교장선생님으로도 유명한 분이다. 가수 아웃사이더와 함께 학교폭력 예방에 관한 노래도 불렀다. 지금은 정년퇴직하셨다. 선생님의 열정은 아직 그대로이신 듯하다. 방승호 선생님과 함께 책을 쓴 이후 변화가 시작되었다. 강원도교육청에서 운영하는 블로그 담당자에게 연락이 왔다. 글 좀 써달라는 부탁이었다. 이후 지금까지도 계속 글을 올리고 있다.

『놀러 와요, 마음상담소』를 시작으로 출판에 관심이 생겼다. 이후 출판사 운영이나 글쓰기와 관련한 책을 보이는 대로 모두 읽기 시작했다. 읽으면서 쓰기도 병행했다. 브런치와 블로그에 매일 쓰기 시작한 지도 벌써 2년이 다 되어간다. 유튜브도 500일 가까이 영상을 찍어 올리고 있다. 꾸준함이 답이다. 누가 시키면 못 한다. 의지가 있어야 한다. 뭐라도 하려는 생각이 있었다.

유튜브 알고리즘으로 '김 교수의 세 가지' 채널을 만났다. 아침 루틴의 시작은 이 유튜브 채널이었다. 갑작스레 영상을 보고 다음 날부터 바로 시작했다. 미라클 모닝의 이야기만 듣고 시작한 일이다. 새벽에 누구의 방해도 받지 않으면서 글을 쓸 수 있는 시간이 생겼다. 잠깐의 독서를 하고 글을 쓰고, 김익한 교수님의 마무리 멘트를 들으며 마쳤다. 마무리 멘트를 블로그에 남기기 시작했다. 그게 시작이다.

오랜만의 서울 나들이가 예정되어 있다. 홍대 근처에서 꾸준함에 관한 이야기를 하기로 했다. 김익한 교수님이 운영하는 아이캔 유니버스에서 초대해 주셨다. 모닝 루틴을 시작으로 아이캔대학의 성장 과정을 수강했다. 5기다. 꾸준히 노력하면 된다. 사람은 갑자기 성장하지 않는다. 조금씩 매일 해야 한다. 오늘보다 내일은 0.1%라도 성장할 수 있다는 믿음만 있으면 된다. 누가 뭐라고 해도 나의 성장을 느끼면 된다.

오늘의 한마디

홍대를 가네요.

콧바람 쐬고 잘 다녀오겠습니다.

"트렌드는 흔들려도 내 생각의 중심은 흔들리지 않게."

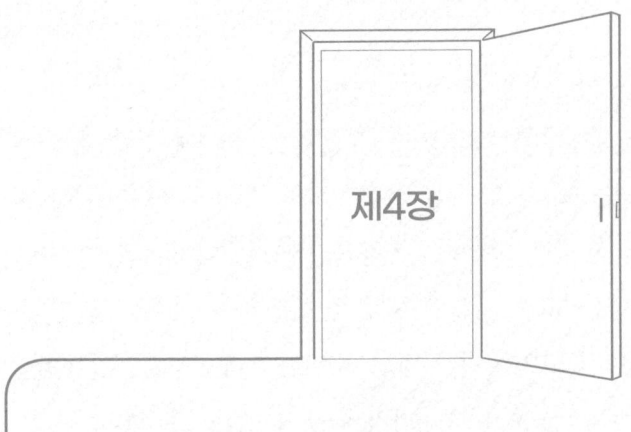

제4장

사 회

세상은 당근마켓처럼,
'시선은 명품처럼

공유 경제와 급변하는 사회 현상을 날카롭고도 따뜻한 시선으로
재해석한 통찰을 담았습니다..

공유

필서

공유 경제가 대중화되고 있다. 자동차는 소유해야 한다고 생각했는데 자동차마저 공유가 유행이다. 해당 업종의 매출은 계속 증가하고 있다. 렌터카, 리스 자동차를 비롯한 대여가 활발하게 이루어지고 있다. 필요한 시간만 차량을 사용하는 형태도 인기다. 경제가 발달하면서 다양하게 차량을 소비하고 운용한다. 카셰어링의 경우는 편도로도 사용이 가능하기에 많이 사용하고 있다.

기존의 질서가 조금씩 깨지고 있다. 지금까지 생활패턴을 바꾸는 형태다. 패턴이 달라지는 것을 원하는 사람들도 있지만 그렇지 못한 사람들도 많다. 컬러텔레비전이 보급되면서 흑백텔레비전은 없어졌다. 아날로그는 디지털로 변화했다. 변화의 흐름을 타지 못하면 사라지게 될 수도 있다. 사회의 흐름을 읽고 변화하는 역할을 발견해야 한다.

이런 면도 있다. 텔레비전이 등장하면 라디오가 없어질 거로 생각했는데 그렇지는 않다. 각각의 역할의 장단점은 존재한다. 지금까지 사용된 역할에 충실한 경우 사회가 변화되더라도 가치를 인정받을 수 있다. 라디오 방송이 없어졌다면 차량을 운전하면서 즐거움을 주는 오디오는 제 역할을 하지 못했을지도 모른다. 각자의 역할에 충실할 수 있도록 해야 한다.

사람들도 그렇다. 모두 자신의 개성을 가지고 살아가고 있다. 개성을 살려서 자신만의 강점으로 반영할 수 있도록 해야 한다. 각자의 역할에 충실하면 긍정적인 사회가 만들어질 수 있다. 다양한 생각과 행동을 하는 사람들이 있어야 건강한 사회다. 서로의 다양성을 인정하고 소통하고 배려할 수 있어야 한다. 자신의 주장만 늘어놓아서는 서로 협업하는 관계가 지속되기는 어렵다.

다양성을 인정하는 것은 좋다. 다만 기존의 질서를 파괴하고 자신이 권력에 우뚝 서기만을 바라는 사람이 있다면 과감히 사회와 격리해야 한다. 국가의 권력을 사유화하는 행위를 방치해서는 안 된다. 국가의 권력은 국민이 위임해 준 것이다. 국가는 국민의 안전을 보장해야 한다. 자신의 안전을 위해 국가의 권력을 사용하는 것은 범죄다.

오늘의 한마디

국가의 불안 사태가
빠르게 해결되기를 바랍니다.

해석
다양성

하나의 상황을 두고 달리 해석하는 경우가 있다. 대부분 여러 가지로 해석이 가능하다. 자연현상도 그렇지만 사회 현상도 여러 가지가 복합적으로 이루어지는 경우가 대부분이다. 다양한 원인이 있을 수 있다. 각각의 원인에 따른 다양한 해석이 진행되어야 한다. 문제는 이분법적 해석을 하는 경우다. 많은 경우 이분법적으로 해석을 하면서 문제가 생긴다. 진영논리를 펴면서 '모 아니면 도' 식의 논리를 펴는 경우다.

세 사람이 있다. 2박 3일간 여행을 가려고 하는데 한 사람은 산으로 다른 사람은 바다로 가자고 한다. 나머지 한 사람이 선택해야 하는 상황이다. 어떻게 하는 것이 합리적일까? 산으로 가자고 하면 바다로 가자고 하는 사람의 의견을 반영하지 못한다. 반대의 경우도 마찬가지다. 1박은 산으로 가고 이튿날부터 1박은 바다로 가는 것도 방법이다. 산과 바다가 한 곳에 있는 곳이 대안이 될 수도 있다.

어느 하나의 선택을 강요하는 경우 극단적인 문제가 생기기도 한다. 자신의 의도와는 다른 선택이 될 수도 있기 때문이다. 이쪽이 아니면 저쪽이냐는 식이다. 이분법적 해석은 사회를 양분한다. 민주주의 사회에서는 다양한 의견을 하나로 모으는 과정이 중요하다. 의견을 통합하고 조정하는 과정을 통해 사회의 통합을 통한 유지가 가능하기 때문이다.

우리나라에서 최근 벌어진 일련의 사건들은 여러 가지 해석이 있을 수 있다. 이분법적 프레임으로 해석하는 것은 위험한 결과를 가지고 올 수 있다. 프레임을 씌워서 해석하면 안 된다. 본질을 정확하게 파악하고 인과관계를 밝혀야 한다. 인과관계에 관한 해석 없이 편들기 시작하면 결국 사람들은 갈라질 수밖에 없다. 많은 사람들의 관점을 존중해야 하는 이유다.

우리나라의 근현대사는 복잡하다. 그 과정에서 많은 민주주의 발전이 있었다. 지금도 여러 곳에서 진통을 겪고 있다. 이러한 진통이 결국 다시 도약할 수 있는 계기가 될 수 있다. 사회를 통합하고 미래 사회를 위해 나아갈 수 있는 밑바탕이 되어야 한다. 좋은 놈과 나쁜 놈으로 나누어 싸울 필요는 없다. 각각의 상황을 정확히 해석하고 미래 사회로 나아갈 수 있도록 노력해야 하는 시점이다.

오늘의 한마디

모두 병들었지만 아무도 아프지 않았다. 「그날」 -이성복

모조품
명 품

모조품 뉴스가 끊이지 않는다. 모조품은 명품의 디자인을 그대로 베낀 제품을 말한다. 명품은 가지고 싶은데 터무니없이 비싼 경우도 있다. 모조품의 경우 문제가 발생해도 A/S를 받기도 어렵다. 명품을 선호하는 풍토를 바꿔야 한다. 그렇지 않으면 모조품이 창궐하는 세상을 바꾸기는 어렵다. 모조품은 허세다. 다른 사람들에게 자신의 능력을 뛰어넘는 무언가를 보여주고 싶은 거다.

반드시 명품으로 가방이나 물건을 사용할 필요는 없다. 누군가에게 보여주고 싶은 심리를 이용하기도 한다. '나 이 정도 살아.'라고 표현하는 방법이기도 하다. SNS에 올라온 사진을 유심히 보면 이런 경우를 많이 발견한다. 무언가 표정이나 자세가 어색하면 주변의 물건이나 장신구를 강조하는 모양새다. 뒷배경에 자동차를 비롯한 물건을 보여주고 싶은 거다.

내면이 아름다운 사람은 물건에 집착하지 않는다. 사용하기 편한 물건이면 된다. 능력이 되고 돈을 써도 써도 끝이 없다면 천문학적인 돈을 써도 된다. 35센트로 산 바나나를 그대로 벽에 붙여 작품이 되었다. 작품으로 걸린 바나나는 뉴욕 경매에서 우리 돈

86억 원에 팔렸다. 가치는 매기기 나름이다. 다른 사람이 매기는 것이 아니다. 자신이 어느 정도의 가치를 가졌는지 의미를 부여하면 된다.

벽에 걸린 바나나는 그냥 먹어버려도 그만이다. 같은 물건이라도 가치와 의미를 부여하면 작품이 되고 명품이 된다. 자신의 신념이 있으면 그만이다. 어떤 물건이든 자신이 사용하기 좋으면 된다. 누구에게 보여주기 위함이 아니라 자신이 사용하는 데 문제가 없으면 되니까. 다른 사람을 의식할 필요도 없다. 편안함은 누가 강요하는 것이 아니다. 내가 선택하는 것이다.

결국 남에게 '내가 어떻게 보이느냐?'가 문제다. 고민할 필요가 없다. 나에게 집중하면 된다. 나는 나니까. 누구의 간섭을 받을 필요는 없다. 그게 자유다. 대신 남에게 피해를 주면 안 된다. 내 맘대로 하면서 남에게 피해를 주는 건 자유가 아니다. 민폐다. 자유롭게 살아가되 남을 의식하지 말자. 내면의 아름다움을 추구하면서 살아가면 된다. 그거면 된다. 그것이 세상을 살아가는 지혜다.

오늘의 한마디

우리나라 사람은 자기소개를 하라고 하면

남들이 보는 나를 이야기한다고 합니다.

나에게 집중해서 소개해 보는 건 어떨까요?

내가 좋아하는 것, 관심사 등등 말이죠.

캐롯
당근

사용하던 물건을 필요한 사람에게 판매할 수 있는 앱이 있다. 당근이다. 필요한 물건을 저렴한 가격에 살 수 있다는 장점이 있다. 시간이 흐르면 필요 없는 물건들이 생긴다. 아이들 물품이 그렇다. 아이들이 커가면서 이전에 사용했던 물건은 치우기에 바쁘다. 청소하려면 비워야 한다. 새로운 물건이 필요하다면 비워야 채울 수 있다.

당근이 캐나다에도 알려졌다. 당근을 그대로 영어로 바꾼 '캐롯'이다. 물론 우리나라에서 사용하는 앱 그대로 사용하지는 않는다. 캐나다는 동네의 개념이 없다. 거주지역이 넓기 때문이다. 우리나라에서 사용하던 방식과는 다른 방법이 필요하다. 이동하는 데 걸리는 시간을 바탕으로 한다. 우리나라에서 사용하던 앱의 현지화를 통해 세계로 뻗어나갈 수 있는 발판을 마련했다.

K-산업이 세계로 뻗어나가고 있다. 우리나라에만 적용되지 않는다. K-POP도 같은 맥락이다. 대중문화도 전 세계인의 관심을 가지기에 충분한 역량을 자기도 있다. 대한민국은 안정적이고 세계적인 국가가 되었다. 나라를 잃었던 역사와 전쟁의 아픔을 겪은 나라였다. 경제발전으로 다른 나라를 도와주는 나라가 되었다. 국민의

의식 수준도 높아졌다. 서로를 배려하고 소통하면서 함께 성장하는 것을 목표로 한다.

우물 안 개구리는 우물 안에서 보이는 밖을 상상한다. 작은 통로를 통해 보이는 세상이 전부라고 생각한다. 발전이 없는 이유다. 우물 밖의 세상은 생각보다 넓다. 생각을 바꾸면 가장 세계적인 것이 될 수 있다. 나를 바꾸고 싶다면 생각을 바꾸어야 한다. 기존의 틀에 얽매이지 말고 밖으로 나가자. 그래야 성공한다. 성공은 환경을 바꿀 때 달성할 수 있다.

새로운 봄이 오고 있다. 어떤 따뜻한 세상이 올지 아무도 모른다. 기존의 틀에서 크게 벗어나지는 않을 것이다. 사람 사는 세상이 별다를까 싶지만 조금은 다른 세상이 올 수 있다. 우리나라만이 아니라 세계인들과 경쟁력 있는 삶을 살아갈 수 있도록 노력해야 하는 이유다. 좋은 세상은 갑자기 찾아오지 않는다. 끊임없는 노력이 필요한 이유다.

오늘의 한마디

집에 필요 없는 물건이 있으면
당근에 팔아보세요.

배송
배달의 민족

대형마트가 설 자리를 잃고 있다. 요즘은 물건을 살 때 인터넷이나 앱을 이용한다. 택배로 배송받는데 하루면 되기 때문이다. 오전에 주문하면 당일 배송도 가능하다. 마트에 방문하는 시간조차 아깝다고 생각하는 경우도 있다. 중국의 '알리익스프레스'나 '테무' 등의 이커머스 영향도 있다. 물건값도 싸지만, 배송료도 무료인 경우가 많기 때문이다.

우리나라의 업체들도 배송 전쟁에 뛰어들었다. 휴일에도 배송이 되기도 한다. 쿠팡에서 익일배송 물건을 사면 다음 날에 거의 도착한다. 익일 배송을 하기 위해 자체 물류센터까지 구축하고 물건을 분류하기도 한다. 이쯤 되면 정말 '배달의 민족'이 아닌가 싶다. 고객과의 약속을 지키기 위한 수단이다. 가장 빠른 방법으로 물건을 배송하기 위한 노력을 하기도 했다.

어떤 일을 믿고 맡기려면 믿음이 있어야 한다. 약속을 이행하지 않거나 여러 번 어기면 신뢰하기 어렵다. 함께 일할 때도 믿을 수 있어야 한다. 나의 의도와는 다르게 생각하고 행동하다 보면 상대방을 신뢰하기 어렵다. 믿음은 한순간에 이루어지지 않는다. 여러 번 반복되고 다른 사람들의 동의가 있어야 가능한 일이다. 결국 신뢰가 바탕이 되어야 믿을 수 있다.

사회는 점점 변화한다. 사람들이 사용하는 물건도 진화한다. 계속 업그레이드된다. 자동차도 끊임없이 진화한다. 같은 이름의 자동차도 연식 변경을 통해 무언가 개선이 된다. 사람들의 요구가 쌓이고 쌓이면 페이스 리프트를 하기도 한다. 전체적인 외관을 바꾸거나 엔진과 미션을 변경하기도 한다. 자동차의 진화는 페이스 리프트로 끝나지 않는다. 시간이 흐르면 모든 것을 바꾸는 풀체인지로 새롭게 출시하기도 한다.

사회의 요구는 진화한다. 사람들은 점점 편한 것을 찾는다. 소비자의 입장에서 비용이 더 들더라도 편하고 좋은 물건을 찾게 마련이다. 사람들의 요구를 맞추고 신뢰할 수 있는 물건을 만들어야 한다. 만들어낸 물건을 배송하는 것도 중요하다. 신선도가 요구되는 물건은 더더욱 그렇다. 고객과 사업주와의 믿음은 하루아침에 만들어지지 않는다.

오늘의 한마디

요즘 소비패턴은

공산품은 앱으로 구매하고

신선식품은 동네 마트에서 해결하니

대형마트에는….

임시공휴일
설 연휴

1월 27일을 임시공휴일로 지정한다. 설 연휴를 길게 보낼 수 있다. 문제는 갑작스러운 안내다. 선심성 정책으로 피해를 보는 사람들도 있다. 업종에 따라서는 쉴 수 없는 사람들도 있다. 병원과 같은 곳은 예약 환자의 일정을 조절하기보다는 정상 근무를 택한다. 물론 국민의 편의를 위한 것이지만 임시공휴일로 지정하더라도 혜택을 볼 수 없는 사람들이 생긴다.

임시공휴일을 지정하더라도 일찍 일정을 확정해야 한다. 2주를 남기고 갑작스러운 통보는 일정을 계획하고 움직이기에 부족하다. 최소 한 달 전에는 안내가 되어야 한다. 다른 일정과 함께 조절하면서 효율적으로 연휴도 보낼 수 있다. 내수경기 진작을 위한 목적을 소기에 달성하는 데 필요한 조치다. 경기가 매우 어렵다. 국민은 소비를 점점 줄이고 있다.

물가 안정을 위해 다양한 노력을 기울이고 있다. 문제는 환율이다. 한 번 오른 환율이 좀처럼 내려올 기미를 보이지 않는다. 국제 유가의 변동 폭은 크지 않은데, 국내에 통용되는 기름값은 계속 오르고 있다. 눈 가리고 아웅 하는 식의 정책은 그만해야 한다. 문제는 소수가 일으키고 해결은 국민의 몫이다. 진정한 선진국이 되기 위해서는 이러한 세부적인 사항까지 신경 써야 한다.

설 연휴를 잘 보내려면 물가가 안정되어야 한다. 물가가 안정되지 않으면 소비를 늘리기 어렵다. 사람들의 소비가 줄어든 이유를 분석해야 한다. 해결책을 찾아 제시해야 한다. 갑작스러운 문제에 관한 대비를 하는 것도 필요하다. 자연재해로 인한 채소류의 생산량 감소 등의 대책도 세워둘 필요가 있다. 다양한 대비책을 세우고 활용할 수 있도록 해야 하는 이유다.

임시공휴일을 하루 지정한다고 해서 크게 달라지는 것은 없다. 내수 소비가 급격하게 증가할 리도 없다. 임시공휴일을 지정하더라도 미리 안내하고 준비할 시간을 주어야 한다. 국민의 생활이 녹록하지만은 않다. 국가의 역할에 충실하고 안전한 삶을 살아갈 수 있도록 지원을 아끼지 않아야 한다. 국가의 발전은 국민들로부터 시작된다는 사실을 기억해야 하는 이유다.

오늘의 한마디

학교의 학사일정도 1년 치를 짜는데

임시공휴일 지정은

최소 한 달 전에 하는 건 어떨까요?

금
경제

금값이 치솟고 있다. 한 돈에 51만 원이 넘었다. 트럼프 대통령의 2번째 집권으로 시작된 일이다. 여러 나라에 관세 폭탄을 주고 있다. 우리나라도 예외는 아니다. 우리나라 기업은 미국에 많은 공장을 지었다. 미국에서 생산하는 물품의 양을 늘리려는 조치다. 물건을 만들기 위한 자재를 우리나라에서 운송하는데 대미수출 흑자로 잡힌다. 이런 상황까지도 모두 규제한다.

미국이 기침을 하면 우리나라는 독감에 걸린다는 말이 있다. 미국은 세계 경제를 좌지우지할 수 있는 초강대국이다. 트럼프가 재집권하는 기간 동안 더욱 우리나라의 경제를 신경 쓸 필요가 있다. 지금까지도 그리 녹록지 않았지만, 앞으로는 더 힘들 수도 있다. 안 그래도 경기가 잘 돌지 않는데 걱정이다. 내수경기 진작을 위한 조치가 필요하다.

경제는 한 번 가라앉기 시작하면 회복되기 어렵다. 다시 부양하기 위해서는 사회 전반적으로 모두 움직여야 한다. 작년 말부터 땅속으로 파고들어 가기 시작한 서민경제는 회복될 기미를 보이지 않는다. 현금서비스, 카드대출 등등의 지표가 급등하고 있는 데이터만 봐도 그렇다. 무언가 확신을 주지 않으면 주식시장도 회복되기 어렵다. 그나마 이만큼 버티고 있는 것은 우리나라의 자정능력을 믿고 지켜보기 때문이다.

미국 대통령 한 명이 바뀌었다고 해서 천지개벽이 이루어지지는 않는다. 미리 준비하고 대비하면 건강한 경제를 끌어나갈 수 있다. 빠르게 회복할 수 있도록 정치권에서부터 앞장서야 한다. 서민경제를 회복할 수 있는 정책은 빠르게 추경을 추진해야 한다. 예산을 확보해서 적재적소에서 사용할 수 있도록 해야 한다. 돈은 돌지 않으면 돈이 아니다.

한동안 돈은 벌면 모두 은행에 넣어두는 것이 미덕이라 여겼다. 투자하는 것은 금기시됐다. 투자는 도박과 같다는 인식을 만들어 내기도 했다. 지금은 다르다. 주식시장이나 가상화폐 등에도 전략적으로 투자할 수 있는 환경이 마련되어 있다. 단, 투자하기 전에 미리 공부를 해야 한다. 손실된 자산은 자신이 감수해야 한다. 손실된 자산을 보전해 주는 제도는 많이 있지 않다. 결국 자신이 책임져야 한다.

오늘의 한마디

지금은 금 한 돈에 100만 원 정도 합니다.

지금 사세요! NOW!

BYD
전기차

전기차 시장이 연초부터 핫하다. 전기차 구입 시 보조금을 받는 방법도 안내하고 있다. 중국 BYD사의 한국진출 소식도 있다. 우리나라에서 전기차로 승부를 보겠다는 계산이다. 가격만 보아도 상당히 공격적이다. BYD는 유럽에서 많이 팔린 브랜드다. 테슬라도 중국에서 조립되는 차들도 있다. 더 이상 중국산이라고 무시할 것은 아니라는 평이다.

전기차 시장은 침체기를 걷고 있다. 전기차를 살 사람들은 이미 구매했다. 새로 전기차를 살 사람들은 내연기관에서 넘어갈 생각을 하지 않는다. 작년 아파트 주차장 화재로 인하여 전기차에 대한 거부감은 더 커졌다. 우리나라 현대기아차에서 이를 극복하기 위한 대안을 내놓았다. 자사의 전기차를 구매했다가 화재로 인한 사고가 발생하면 100억까지 지원해 준다는 내용이다.

전기차가 아직은 안정적이지 않다는 방증이기도 하다. 반면에 내연기관 차의 진화는 거의 끝판왕에 가깝다. 엔진은 다운사이징 되었고, 차체는 커졌다. 전기차의 충전 이슈도 내연기관 차량에는 없다. 주유소에서 주유하거나 LPG 충전소에서 충전하면 그만이다.

내연기관 차량에서 전기차 중간 형태인 하이브리드에 관심을 가지는 이유이기도 하다.

하이브리드는 내연기관과 전기차의 중간 형태다. 간단해 보일지 몰라도 상당히 복잡하다. 내연기관도 있어야 하고 전기차의 구성도 갖추어야 한다. 있을 건 다 있어야 하니 복잡할 수밖에 없다. 다시 말하면 고장이 났을 때 수리비도 상당히 많이 든다는 뜻이다. 그럼에도 불구하고 이용할 때 들어가는 기름값은 상당히 적게 들어갈 수 있다. 연비가 상대적으로 높기 때문이다.

한동안 전기차로 갈아타는 사람들은 적을 것이다. 충전소의 확충도 필요하다. 겨울철 배터리의 상태 유지도 보완이 되어야 한다. 겨울철 낮은 기온으로 배터리가 빠르게 방전되는 일도 있기 때문이다. 안정성이 확보되지 않으면 아무리 유지비가 적게 든다고 하더라도 갈아탈 사람은 없다. 빠르게 충전하더라도 안전하게 사용하는 것이 보장되어야 한다.

· ·

오늘의 한마디

한겨울에 전기차로 차박을 떠나면…
방전되지 않아야 할 텐데요….

· ·

아이폰 16e
선호도

아이폰이 새로 나왔다. 보급형 모델이다. SE라는 이름으로 출시될 것으로 예상됐는데 이름도 바꿨다. 16e다. 보급형 아이폰을 기대하고 있던 사람들에게는 희소식이다. 아이폰 16과 유사한 디자인으로 만들어졌다. 기존 아이폰 16보다 26만 원 정도 저렴하다고 한다. 어찌 보면 가격에는 큰 차이가 없는 것으로 느껴지기도 한다. 전체적으로 휴대폰 가격이 비싸다.

아이폰과 경쟁하는 모델이 있다. 갤럭시다. 삼성에서 만든 스마트폰이다. 우리나라에서 판매량은 엎치락뒤치락한다. 문제는 세대에 따른 선호도다. 20대 이하는 아이폰의 선호도가 월등히 높다. 갤럭시는 비교 대상이 아니다. 시간이 흐르면 20대가 30대가 된다. 이미 30대 초중반의 사람들도 아이폰을 선호하는 비중이 높다. 더 많은 시간이 흐르면 구도는 점점 변화하게 될 것이다.

우리나라에서 만들기 때문에 구매해야 한다는 논리를 내세우는 시절도 있었다. 국산 제품을 이용해야 애국이라는 표현을 쓰기도 했다. 차량도 외제 차를 사면 매국노라고 욕하던 시절도 있었다. 지금은 아니다. 길에 돌아다니는 차량 10 대중 1~2대는 물 건너

온 차량이다. 우리나라에서 만드는 차량의 품질도 좋아지기는 했지만 외제 차도 많다. 그만큼 소득 수준이 높아진 이유다.

우리나라는 원조를 받는 나라에서 도움을 주는 국가로 변모했다. 국가의 위상이 달라졌다. 달라진 국가의 위상에 따라 사람들의 의식도 바뀌고 있다. 제품이 좋으면 구매할 수 있다. 어떤 나라에서 만들었는지가 중요하지 않다. 최근 중국산 전기차량의 선호도 변화에서도 확인할 수 있다. 중국에서 만들어진 물건은 무조건 색안경을 끼고 보던 시절도 있었다. 지금은 점차 바뀌고 있다.

우리나라에서 만드는 제품도 품질을 더 높일 필요가 있다. 우리나라가 앞서가던 기술이었음에도 이미 턱밑까지 추격해 왔다. 미리 준비하지 않으면 나중에는 늦다. 한때 로봇청소기는 우리나라가 앞서가고 있었다. 지금은 중국업체가 1위를 고수하고 있다. 저렴한 가격과 개선된 품질을 무기로 경쟁하기 어려울 정도로 빠르게 성장하고 있다. 미리 준비해야 하는 이유다.

오늘의 한마디

이참에 아이폰으로 바꿔볼까요?
태블릿은 아이패드를 쓰고 있거든요.

인구
정책

   평균 수명이 늘고 있다. 출생률이 급감하는 상황을 생각해 보면 된다. 인구가 빠르게 줄지 않는 이유다. 요즘 72세는 12년 전에 65세와 비슷하다고 한다. 노년층을 겨냥한 경제 경책이 나오는 이유다. 아이들이나 아기용품을 대상으로 한 정책인 조금씩 줄어들고 있다. 얼마 전부터 다자녀의 기준도 2명으로 바뀌었다. 출생률을 높이기 위한 대책도 중요하지만, 고령층이 늘어나는 데 대책도 필요하다.

   우리나라는 생산인구가 줄고 있다. 공사장이나 일부 업종에서는 다른 나라 사람들이 일을 하고 있다. 외국인 노동자가 없으면 진행되지 않는다는 이야기도 있다. 이러한 상황이 반복되고 지속되면 청년층의 일자리는 점점 줄어들게 마련이다. 인구가 줄면 산업 전반이 줄어들기 때문이다. 출산율을 높이고 빠르게 경기를 회복할 수 있는 방향으로 준비해야 하는 이유다.

   최근 뚜렷한 학령인구 감소로 인한 문제가 발생하고 있다. 서울 도심 한복판의 초등학교가 문을 닫기도 했다. 상황은 심각하다. 10년~20년이 흐르면 우리나라 청년층이 급감한다. 붕괴한다는 표현이 맞다. 나라를 지키는 군인들의 숫자가 감소하게 된다. 일정한 수가 되지 않으면 나라의 안보에도 심각한 영향을 준다. 사회 전반적인 제도를 재정비해서 경제를 부양해야 하는 이유다.

정책을 결정하고 추진하는 일은 쉽지 않다. 모든 사람의 처지를 반영하기도 어렵다. 상황을 파악하고 해결할 수 있는 능력이 있어야 한다. 현장에 적용할 수 있는 정책인지도 판단해야 한다. 진행하기 어려운 정책을 남발해 보아야 실효성이 없으면 그만이다. 하나의 정책을 펴기 위해 준비하고 적용하는 과정에서 잘못된 점이 발견되면 빠르게 수정하고 적용할 필요도 있다.

하루하루가 급변하는 세상이다. 생성형 인공지능은 글쓰기와 대화를 넘어서고 있다. 프롬프트에 몇 마디의 짧은 대화로 요청하면 음악이나 영상도 만들어준다. 생성형 인공지능이 만들어낸 노래라고 이야기하지 않으면 모르는 경우도 많다. TV 프로그램에서는 이를 응용한 방송도 만들어지고 있다. 정보는 많아지고 다양해지고 있다. 사람들에게 도움이 되는 정보를 구분하는 능력도 필요하다. 무서운 세상이다.

오늘의 한마디

디지털 시대입니다.

정보를 잘 판단하고

활용할 수 있는 능력이 필요한 시대죠.

무인 가게
피 해

    무인 가게가 늘고 있다. 인건비를 줄일 수 있기 때문이다. 간단하게 사용할 수 있는 매장이거나 커피, 라면 등의 음식을 먹을 수 있는 매장이 대부분이다. CCTV를 통해 매장을 확인하고 특정한 시간에만 관리를 하면 된다는 편리함으로 주목을 받고 있다. 이런 무인 매장에도 단점이 있다. 사용하는 사람들이 비상식적인 행동을 하는 경우가 있기 때문이다. 자신이 필요한 제품을 들고 그냥 나가기도 한다.

    무인으로 운영되는 코인 노래방이나 스티커 사진 매장 같은 곳에서 일어난 일이다. 남녀가 도를 넘는 행동을 하기도 했다. 매장의 주인이 CCTV로 이러한 행위를 하는 것을 발견했다. 해당 행위를 한 사람들은 주인이 바로 매장에 방문했음에도 이미 떠난 뒤였다. 무인 매장은 절도와 같은 범죄에도 노출되어 있다. 아이스크림 매장과 같은 경우에는 계산하지 않고 아이스크림만 들고 나가는 일도 있다.

    이외로도 편의점, 카페 등등의 무인 매장들이 있다. 전국에 무인 점포는 10만 개 정도가 운영된다고 한다. 무인 매장이 잘 운영되려면 몇 가지 조건들이 있다. 그중에서 가장 중요한 것이 있다. 이용하는 사람들을 믿고 운영해야 한다. 믿음이 깨지는 경우 잘 운영되기 어렵다. 결국 무인 매장을 내고 나서 주인이 매장에 상주해야 하는 아이러니함을 느끼게 되기도 한다.

최근 무인 케이크 매장에서 있었던 일이다. 남녀가 불을 끄고 노트북으로 영화를 보기도 했다. 매장의 주인은 이를 인지하지 못했다. 매장에 케이크를 사려고 방문한 고객의 전화로 이상함을 알게 되었다. CCTV로 상황을 파악한 주인은 경찰에 사건을 제출하겠다고 안내했다. 정말 요지경인 세상이다. 매장을 이용할 때 상황에 맞게 이용해야 한다. 자의적으로 해석하고 행동하면 안 된다.

경찰은 공권력이다. 사설 경비업체처럼 운영되면 안 된다. 무인 매장을 운영한다면 최소한의 경비는 직접 해야 한다. 출입증을 관리한다던가, CCTV로 매장을 관찰하고 있어야 하는 이유다. 무인 매장의 운영으로 인건비를 줄이는 만큼 신경 써야 하는 영역은 늘게 마련이다. 세상에 공짜는 없다. 누군가 해야 하는 일이라면 비용을 내야 한다. 그렇지 않으면 직접 하는 게 맞다. 피해를 보지 않으려면 말이다.

오늘의 한마디

휴게소에 가면

로봇이 내려주는 커피를 맛볼 수 있습니다.

잘 살펴보면 로봇이 내려주는 게 아니라

주문한 사람에게 배달만 해주죠.

뭔가 이상하지 않나요?

키오스크
관 계

음식점에 가면 많이 볼 수 있는 물건이 있다. 키오스크와 서빙 로봇이다. 주방에는 튀김 로봇이 있는 곳도 있다. 자의든 타의든 인공지능과 함께 살아가는 시대다. 편리하기도 하지만 익숙하지 않으면 오히려 주문을 하지 못해서 생기는 문제도 있다. 키오스크를 한 번도 써보지 못한 사람이라면 주문이 장벽처럼 느껴질 수도 있다. 음식을 먹기 위해 해야 하는 주문이 어렵게 느껴지기 때문이다.

스타벅스가 키오스크를 도입한다. 지금까지 본사의 정책을 따랐다. 고객에게 직접 주문을 받고 소통하는 방식을 고수해 왔다. 키오스크는 한국과 일본에 도입하기로 했다. 본사의 정책이 변화할 만큼 상황이 바뀌었다. 빠르게 주문하고 처리할 수 있는 시스템이 갖춰진 것도 있다. 사람들의 성향도 바뀌었다. 직접 대면하는 상황을 꺼리는 경우도 있기 때문이다.

2020년부터 코로나19로 인한 거리 두기를 3년여간 진행했다. 많은 사람들이 다른 사람과의 관계를 재정립하는 시기였다. 주변의 모든 사람과 같은 거리를 유지할 필요는 없다. 가깝게 지내는 사람도 있는가 하면 업무나 일로 인하여 만나는 사람은 적당한 거리를 두고 만나야 함을 느끼게 되었다. 새로운 사람을 만나는 데 어려움을 겪는 사람들도 많아졌다.

사람들과의 관계에 어려움을 겪기도 한다. 나와는 생각이 다른 경우가 많기 때문이다. 모든 사람의 생각이 같을 수는 없다. 내 생각을 이야기하지 않으면 상대방은 모른다. 단순하게 생각해 보면 된다. 다른 사람은 내가 아니다. 어떻게 생각하고 있는지 이야기하지 않으면 아무도 모른다. 상대방을 내 생각대로 재단하면 더더욱 안 된다. 서로의 관계에 피해를 주는 행동이기 때문이다.

민원은 부당한 상황을 개선하기 위한 제도다. 일을 처리하는 과정에서 모든 사람이 만족할 수는 없다. 의견 차이가 있을 수 있다. 서로의 차이를 인정하고 개선할 수 있어야 한다. 사회가 발전함에 따라 조금씩 상황도 변화한다. 지금까지 사용하던 방식을 고수하는 것도 좋지만 새로운 것을 받아들이고 개선하려고 노력하는 모습도 필요하다. 사회의 변화에 발맞추지 못하면 도태될 수 있기 때문이다.

오늘의 한마디

인공지능과 함께 살아가는 시대입니다.
사람들에게 도움이 되는 방향으로 변화하면 좋겠네요.

LFP
전기차

    LFP는 리튬 인산철 배터리다. 보통 전기차에 들어간다. 최근 LFP 배터리를 쓰는 차량이 늘어나고 있다. 저렴한 구하기 쉽기 때문이다. LFP 배터리는 NCM 배터리에 비해서 저가다. NCM 배터리는 니켈, 코발트, 망간으로 만들어진다. NCM 배터리는 주행가능 거리가 높은 장점이 있지만 비교적 가격이 비싼 편이다. 최근에는 나트륨을 이용한 배터리도 개발되었다. 주변에서 쉽게 구할 수 있는 원료로 배터리의 제조가 가능해지고 있다.

    가격이 저렴해지면 성능도 낮아지는 것은 아닌가 하는 의문을 품게 된다. LFP 배터리의 제조 기술이 점점 좋아지고 있다. 많이 활용되기 때문이다. NCM 배터리의 원룟값은 점점 오르고 있다. NCM 배터리를 원하는 사람들은 많아지고 니켈, 코발트, 망간 등의 원료는 한정되어 있다. 지상에서 가까운 광산에서 원재료를 채취했다면 땅속에 있는 광산을 개발해야 하기도 한다. 비용이 증가하게 마련이다.

    30여 년 전에 이런 이야기를 했다. 2000년 정도가 되면 석유가 고갈될 것이라는 말이다. 이 말은 반은 맞고 반은 틀렸다. 30여 년 전에 발견된 원유는 모두 고갈된 것이 맞다. 기술이 발전하면서 더 깊은 곳에 있는 원유를 채취하고 있다. 시간이 필요하지만, 기술은 점점 발전한다. 전기차에 들어가는 배터리도 마찬가지다. 배터리의 제조 기술이 좋아지면 전기차의 가격도 낮아지게 된다.

지금 판매되고 있는 전기차 가격은 아주 비싸다. 정부 보조금과 지자체 보조금을 받아도 일반 차량의 가격보다 비싸다. 이미 전기 차를 살 사람들은 이미 보유하고 있다는 것이 업계의 입장이다. 당분간 전기차의 생산을 중단하겠다는 입장을 밝히기도 했다. 최근 발생했던 전기차 화재의 위험성도 크게 개선되거나 해결되지 않은 이유도 있다. 가격 경쟁력이 더욱 필요한 이유다.

어떠한 물건을 만들 때 필요한 것이 있다. 수요 조사를 확실하게 해야 한다. 수요에 맞는 상품성을 갖출 필요도 있다. 물건의 상태에 비해 가격이 비싸면 사는 사람은 거의 없다. 기업에서 물건을 만들어서 손해 보고 판매할 이유도 없다. 가성비라는 말이 만들어진 이유다. 잘 생각해 보면 가성비는 없다. 가격 대비 성능이 우수하다고 느낄 뿐이다. 그 물건은 딱 그 정도의 가격과 성능으로 만들어진 물건이다. 어찌 보면 재주다.

오늘의 한마디

사람들의 접근성을 높이려면

가격 경쟁력이 있어야 하고

상품성이 좋아야 합니다.

당연한 말이지만

전기차는 충전하는 시간이 획기적으로 개선될 때

구매를 생각해 보려고 합니다.

구독
취소

    구독은 정해진 기간 동안 지속적으로 받는 것을 말한다. 많은 소비가 구독으로 이루어진다. 고가의 물건인 자동차까지도 구독을 하기도 한다. 일정 기간 사용하다가 반납하고 다른 차량으로 교체하는 방식이다. 구독하게 되면 비용을 내야 한다. 사는 것보다는 싸다. 하지만 일정 기간 사용하는 비용을 따져보면 과연 저렴한가에 관한 의문을 품게 된다.

    가전제품도 구독이 가능하다. 일정 기간 대여해서 사용하는 방법이다. 가전제품을 사기 전에 장단점을 파악하는 방법이기도 하다. 고가의 가전제품을 구매하는 데 미리 사용해 보는 것도 좋다. 단 구독을 계약할 때 일정 기간 사용하기로 했다면 계약이 종료되는 날까지 사용해야 한다. 그렇지 않으면 위약금을 지급해야 하기 때문이다. 초기 비용이 저렴한 대신 위약금이 있다는 것을 기억해야 한다.

    구독으로 사용하는 물건을 보면 사람들의 선호도도 파악할 수 있다. 같은 제품이라면 어떤 브랜드를 선호하는지도 파악할 수 있다. 요즘 사람들이 꼭 필요한 물건은 무엇인지도 확인이 가능하다.

구독을 통해 삶의 맞춤 설계가 가능하다. 문제는 해지다. 필요가 없어지면 해지하기도 쉬워야 한다. 해지가 어렵다면 결국 구독을 하는 이유는 사라진다.

온라인 앱을 활용한 구독 서비스도 많다. 일단 구독을 진행하고 필요 없어지면 해지를 한다. 해지하지 못하게 하는 경우도 있다. 해지하는 버튼을 아무리 찾아도 보이지 않기도 한다. '다크 패턴'이라는 표현을 하기도 한다. 시각적으로 해지를 방해하거나 감정적인 문구를 통해 무언가 불리하게 보이게 만들기도 한다. 결국 눈속임에 불과하다. 사람들을 현혹하고 속이는 과정이다.

가입은 쉽지만, 탈퇴가 어려운 것은 여러 곳에서 발견된다. 신용카드도 그렇다. 웹사이트에서 카드 발급신청은 쉽게 찾을 수 있다. 카드 탈퇴는 어렵다. 탈퇴를 위한 창을 찾기도 어렵지만 신청은 더더욱 어렵다. 결국 대표번호로 전화하게 된다. 탈퇴를 위한 전화 연결은 더더욱 어렵다. 탈퇴 신청하다가 지치면 그냥 사용하기도 한다. 카드를 예로 들었지만 거의 많은 구독 서비스 해지가 이런 형국이다.

오늘의 한마디

구독 서비스…

필요한 때 빌려서 쓰고

필요 없으면 반납하는 건

좋은데 말이죠.

집에서 사용하는 인터넷 연결이 끊어지면 어떤 일이 벌어질까? 그렇게 된다면 요즘 냉장고나 TV 등의 가전제품의 사용이 어려워질 것이다. 사물인터넷 기술이 활용되기 때문이다. 스마트폰 앱으로 가전제품을 제어하고 활용할 수 있는 세상이다. 로봇청소기는 정해진 시간에 청소해 주기도 한다. 인터넷 활용이 필수인 세상이다. 인터넷도 필수품이 되었다.

인터넷을 활용하려면 각종 케이블과 셋톱박스가 필요하다. 케이블이 끊어지는 경우 인터넷 연결도 자연스레 끊어진다. 가정 내에 들어온 인터넷 케이블 선에 문제가 없더라도 또 다른 문제가 발생할 수 있다. 가전제품과 연결된 케이블이 끊어지는 경우도 있기 때문이다. 오래되어 끊어지기도 하고, 접촉 불량이나 설치가 잘못된 일도 있다. 관리가 필요한 이유다.

스마트폰이나 인터넷을 활용한 다양한 플랫폼을 사용하는 시대다. 스마트폰을 사용하는 사람이 스마트해야 모든 기능을 활용할 수 있다. 가전제품도 마찬가지다. 사용하는 사람이 스마트해야 최신의 기능을 활용할 수 있다. 기능이 아무리 많아도 사용하지 않으면 지출한 비용만 낭비하는 꼴이다. 어찌 보면 불필요한 지출을 하게 된 셈이니 자신에게 맞는 가전제품을 살 필요가 있다.

최신의 가전제품은 좋다. 사용하기 편리한지는 잘 모르겠다. 다양한 기능이 들어가 있다 보니 가전제품을 사면 사용법을 익히기에 바쁘다. 디지털 기기는 특히 심하다. 디지털 스트레스도 작용한다. 여러 가지 다양한 기능이 있는 것은 좋지만 익숙해지는 데 시간이 필요하다. 자주 사용하지 않으면 쉽게 잊히기도 한다. 결국 가전제품을 교체할 때쯤 '이런 기능이 있었군?' 하기도 한다.

가전제품이든 자동차든 구매하면 해야 할 일이 있다. 사용 설명서에 있는 모든 내용을 숙지해야 한다. 어떻게 하면 나에게 맞는 가전제품이나 자동차로 활용할 수 있을 것인가에 관한 고민을 해야 한다. 내가 비용을 들여 사들인 제품의 기능을 하나라도 더 알아두어야 한다. 더 쾌적하고 안락한 삶을 살아갈 수도 있다. 문제도 있다. 기능을 익히려다가 쉽게 지쳐버리고 만다. 결국 비싸게 구매한 물건은 기본기능만 사용하는 상황이 반복된다.

· ·

오늘의 한마디

사람이 스마트해야

스마트한 세상을

살아갈 수 있습니다.

· ·

재활용
거짓말

　재활용이란 다시 활용하는 것을 말한다. 특정한 물품을 다시 활용하는 것을 말하기도 한다. 대표적인 재활용품은 금속과 플라스틱이 있다. 한 번 사용한 물품을 다시 사용하는 과정에서 환경 파괴를 예방하는 효과가 있다. 우리나라에서 쓰레기 분리수거를 한 지도 꽤 오랜 시간이 흘렀다. 자원의 재순환을 통해 쓰레기가 매립되는 지역을 보존할 수도 있다.

　페트병을 재활용하여 사용하는 방식에 문제가 생겼다. 재활용하는 원료가 새 원료보다 비싸다 보니 생기는 문제다. 새 페트병을 분쇄해서 재활용 원료로 공급하는 것이다. 재활용하는 이유는 환경을 보호하고 자원의 선순환 구조를 만들어내는 것이다. 새 페트병을 재활용 원료로 사용하는 것은 원래의 의도와는 다르게 중간에서 물건을 공급하는 업자만 돈을 버는 구조다.

　의도와는 전혀 다르게 생각하고 행동하는 사람들이 있다. 사회에는 생각이 다른 사람들이 많이 있다. 모든 것을 경제적인 측면에서만 생각하면 이러한 현상이 벌어지곤 한다. 모두에게 도움이 되는 구조를 만들고 그 안에서 규칙을 찾아야 한다. 자신만이 돈을 버는 구조를 만들어간다면 일종의 범죄다. 사기에 가깝다. 어찌 보면 많은 사람들을 속이는 행위이기 때문이다.

선의의 거짓말이라는 말도 있다. 다른 사람을 생각해서 하는 거짓말을 뜻한다. 상처를 받거나 피해를 주지 않기 위함이기도 하다. 이러한 경우는 긍정적인 효과를 낳는다. 거짓말의 결과가 부정적인 경우는 책임을 지게 해야 한다. 결국 자신은 이득을 보고 상대방은 피해를 보거나 손해를 본다. 누군가를 속이는 행위는 막아야 한다. 법과 제도는 이런 상황을 위해 필요한 것이다.

날씨가 변덕스럽다. 4월인데 갑자기 여름이다. 낮에는 무려 27도까지 올라가는 지역도 있다. 얼마 전 경상도 지역의 산불도 메마른 날씨의 영향이 컸다. 비는 오지 않고 건조하고 따뜻한 날씨가 이어졌다. 불은 꺼지지 않고 걷잡을 수 없이 번져나갔다. 많은 이재민이 발생했다. 산불뿐만이 아니다. 점점 올라가는 날씨 탓에 각종 과일과 채소의 재배 지역도 변화하고 있다. 지구를 조금 더 생각할 때이다.

오늘의 한마디

누군가에게 도움이 되는 사람이 되고 싶으신가요?

항상 긍정적으로 생각해 보세요.

긍정적인 결과로 보이게 될 테니까요.

1억
돈

당신이 로또에 당첨되었다. 무려 1억 원이다. 만약에 1억 원이 생긴다면 어떻게 사용할 것인가? 자동차를 살 수도 있고, 집을 구하는 데 보탤 수도 있다. 가족들과 1/n로 나누어 가질 수도 있다. 필요한 누군가에게 건네줄 수도 있다. 사람마다 다양한 방법으로 사용할 수 있다. 돈을 쓰는데 정답은 없다. 자신만의 다양한 방법으로 돈을 사용할 수 있다.

평생 모은 재산이 1억 원이라면 이야기가 달라진다. 노점상으로 모은 1억 원을 전남대에 기부한 할머니가 있다. 콩과 고추 등의 작물을 재배하고 시장에서 판매한 금액을 모은 금액이다. 정성스럽게 모은 돈은 학생들의 장학금으로 사용되었다고 한다. 자신의 노력으로 다른 사람들에게 베푸는 것이 쉽지는 않다. 마음먹은 대로 모든 것을 진행되면 좋겠지만 그렇지 못한 경우가 많다.

돈을 외치고 악착같이 모아봐야 그냥 돈이다. 돈은 돌고 돌아야 한다. 자신에게 들어온 돈을 어떻게 쓰느냐에 따라 사람의 품격이 달라진다. 돈을 쓰는 방법은 여러 가지가 있다. 어렵게 모은 돈을 정말 필요한 곳에 사용할 필요도 있다. 의도하지 않은 때도 있지만 돈을 허투루 사용하게 되기도 한다. 도박이나 사기 등으로 돈을 잃기도 한다.

돈은 잘 써야 한다. 버는 것도 중요하지만, 쓰는 것도 중요하다. 다른 사람들에게 꼭 필요한 곳에 사용해야 한다. 삶을 살아가다 보면 돈을 잘 쓰고 있는지 파악하기도 힘들다. 자신에 관한 객관적인 평가가 어렵기 때문이다. 메타인지 능력을 갖추어야 하는 이유이기도 하다. 돈이 적재적소에 잘 쓰일 수 있도록 경제 공부를 할 필요도 있다. 경제관념이 있어야 다양한 활용이 가능하다.

화폐는 사람들이 만들어낸 귀중한 발명품이다. 물건의 가치를 매기는 작업도 고귀한 과정이다. 물건의 가격은 수요와 공급에 따라 만들어진다. 사람들 간의 합의가 있지 않으면 불가능한 방법이다. 다른 사람의 생각과 의견도 취합이 가능하다. 돈이라는 개념이 갑자기 등장한 개념이 아닌 이유다. 돈을 아무 데나 사용할 것이 아니라 필요한 곳에 사용해야 하는 이유이기도 하다.

오늘의 한마디

다시 돌고~ 돌고~ 돌고
돈은 돌고 돌아야 돈입니다.

9,900
서비스

9,900원으로 어떤 일을 할 수 있을까? 국밥 한 그릇도 만 원이 넘어가는 세상이다. 유명한 빵집의 빵을 1시간 동안 무제한으로 먹을 수 있다면 어떨까? 뚜레쥬르 강남 직영점에서 9,900원짜리 빵 뷔페를 진행하고 있다. 가성비가 좋다고 소문이 나서 문전성시를 이룬다. 물가가 오르고 팍팍한 시대다. 주머니 사정이 좋지 않은 시대에 많은 사람들이 관심을 가지고 방문할 만하다.

빵 뷔페 판매에 문제가 생겼다. 매일 선착순 50명~90명에게 제공하고 있음에도 발생한 문제다. 빵을 조금만 먹고 남기는 경우가 많기 때문이다. 먹다가 남은 빵은 무조건 가지고 가도록 해야 하는 건 아닌가 싶다. 매장에서는 음식물 쓰레기를 처리하는 비용도 상당히 많이 나온다. 환경부담금을 부과하는 방안도 검토하고 있다고 한다. 빵을 만든 사람의 성의를 생각해서라도 남기지 말아야 한다.

선의로 베푼 호의를 생각해 보자. 호의가 계속되면 상대방으로서는 권리로 인식할 수 있다. 무조건 퍼주는 것이 좋은 것은 아니다. 제공받는 서비스는 누군가의 정성이 들어가야 한다. 업주 입장에서는 제공하지 않아도 되는 서비스를 받는 경우도 있다. 서비스로 제공하는 것이 당연한 것으로 느껴져서는 안 된다. 문제가 있다면 개선할 필요가 있다.

물건을 살 때 서비스를 받는다. 서비스로 덤을 더 주기도 한다. 값을 깎아주기도 한다. 개인적으로 남을 위해 돕는 행위를 말하기도 한다. 서비스는 매장의 이미지를 높이기 위한 마케팅의 수단이 되기도 한다. 매장을 홍보하고 좋은 이미지로 각인하게 하려는 방법이다. 정성스럽게 만든 음식이 그대로 버려지는 것에 관하여 생각해 보고 개선할 점은 개선해야 한다.

어떠한 물건의 값을 매기는 방법을 살펴보자. 원재료의 값이 필요하다. 물건을 만들기 위해 들어가는 공임도 들어간다. 어느 정도의 이윤도 필요하다. 직원의 인건비, 각종 서비스의 제공 비용, 매장을 운영하는데 들어가는 비용 등이 고루 반영되어 있다. 선의로 제공하는 서비스 비용이 쓰레기로 바뀌어 처리하는 비용이 많아질 때는 다시 생각해 볼 필요가 있다.

오늘의 한마디

우리 집 근처에는
빵 뷔페를 하는 곳이 없네요.
안 남기고 다 먹을 수 있는데….

바가지
여 행

바가지란 물건을 담기 위한 그릇을 말한다. 물건을 살 때 제값보다 비싸게 사는 경우는 바가지를 썼다고 말한다. 보통 바가지를 씌우는 경우는 지역축제에서 이루어진다. 한 번만 판매하고 말 거라는 생각에서 진행되기도 한다. 대상이 어리숙해 보이는 경우도 바가지를 씌우기도 한다. 지역에서 담합을 해서 물건값을 비싸게 판매하면 어쩔 수 없이 구매해야 하는 경우도 있다.

한동안 제주 물가가 비싸다는 뉴스가 있었다. 렌터카, 숙박비, 음식값을 모두 고려하면 외국 여행이 낫다는 인식도 있다. 일본의 엔화 환율이 떨어져서 대신 일본 여행을 가는 게 이득이라고 생각한 때도 있었다. 이러한 인식을 바꾸기 위해 제주에서 자정 노력을 하고 있다고 한다. 사람들이 오지 않으면 경기는 돌지 않는 것이 당연한 이치다. 한 번 돌아선 생각은 좀처럼 되돌리기 쉽지 않다.

프레임은 한 번 만들어지면 개선하기 어렵다. 어떤 것에 관한 인식의 변화는 서서히 변화한다. 프레임이 형성되기까지 다양한 자료가 수집된다. 생각이 고착화되면 그대로 프레임으로 만들어진다. 생각의 전환은 그리 쉽지만은 않다. 물가가 비싸도 너무 비싸다.

제주뿐만이 아니다. 우리나라 전체적으로 물가가 비싸다. 지갑을 닫는 이유다. 여행을 가더라도 소비는 최대한 줄인다.

예전과는 생활패턴이 달라졌다. 여행 문화도 변화했다. 여행하더라도 차박을 하는 경우도 있다. 숙박비를 아끼기 위해서다. 어쩔 수 없이 숙박업소를 이용하기도 한다. 이럴 땐 가성비 숙박업소를 찾는다. 조금 질이 떨어져도 하룻밤 묵을 숙소다. 마음의 여유를 갖고 찾으면 된다. 욕심을 조금 버리면 더 가격 대비 훌륭한 숙소를 찾아낼 수 있다. 여행 인프라가 많이 구축된 이유다.

고속도로나 철도와 같은 시설은 여행에 도움을 준다. 마음만 먹으면 전국을 하루에 돌아볼 수도 있다. 한 가지 아쉬운 점은 예전 같으면 숙박하면서 하루 정도 여유를 갖고 그 지역에 머무는 경우는 줄어들었다는 것이다. 지역 경기가 활성화될 수 있는 여지가 사라졌다. 교통의 편리함은 장단점이 존재한다. 고속도로 주변으로 작은 도시에서 큰 도시로 소비가 이동하고 있다. 일명 빨대 효과다.

오늘의 한마디

제주에 새우 22마리가 만 원이라고 하네요.

새우 먹으러 가려면

비행기 타고, 렌터카 빌리고, 숙박비에….

돈을 많이 벌어야겠네요.

끼워팔기
띠부띠부씰

끼워팔기란 제품을 묶어서 파는 것을 말한다. 인기가 있는 경우는 끼워파는 경우가 거의 없다. 끼워팔기는 메인 제품에 필요 없는 이것저것을 묶어서 파는 경우가 대부분이다. 자동차를 신차로 사는 경우 옵션 선택할 때를 생각해 보면 된다. 한 번도 쓰지 않을 만한 옵션이 들어가 있기도 하다. 빵을 사면 들어있는 띠부띠부씰도 어찌 보면 끼워팔기다.

유튜브 채널 '빠더너스' 영상에 등장하는 문상 기자는 포켓몬 빵을 먹고 띠부띠부씰은 버리는 영상으로 웃음을 주기도 했다. 띠부띠부씰만 빼고 빵을 버리는 경우가 많다는 뉴스를 패러디한 영상이다. 어찌 보면 주객이 전도되었다. 끼워팔기는 어찌 보면 공정하지 않은 거래에 해당하기도 한다. 물건을 판매하는 기업으로서는 이렇게라도 재고를 소진해야 하는 마케팅 차원에서 접근한 것이다.

유튜브 채널을 구독하면 한 달에 14,900원이 결제된다. 유튜브 영상을 프리미엄으로 볼 수 있다. 광고가 없다는 장점이 있다. 미리 영상을 다운로드할 수도 있다. 이동 중에도 데이터를 쓰지 않고 영상을 시청할 수 있다. 하나의 혜택이 더 있다. 유튜브에는 음악을 스트리밍으로 들을 수 있는 '유튜브 뮤직'이라는 앱이 있다. 이 뮤직 앱을 무료로 사용할 수 있다.

유튜브 뮤직 앱을 끼워판다는 비난이 일었다. 결국 유튜브 동영상 단독 상품 요금제를 출시하게 되었다. 비슷한 끼워팔기를 하고 있는 쿠팡도 마찬가지다. 쿠팡플레이나 쿠팡이츠도 끼워팔기를 하고 있기 때문이다. 머지않은 장래에 모두 따로따로 사야 할지도 모른다. 결국 가격은 오를 수밖에 없다. 끼워팔기는 하면서 약간 싸게 판매하고 있기 때문이다.

끼워팔기를 무조건 비난할 필요는 없다. 기업에서 이윤추구는 어찌 보면 당연할지도 모른다. 고객들에게 제공하는 모든 서비스가 무조건 수익이 난다는 보장도 없다. 이쪽에서의 수익을 다른 쪽에서 메꾸는 전략도 어찌 보면 다양한 고객을 유입할 수 있다는 면에서 도움이 된다. 사회가 변화하면서 누릴 수 있는 다양한 서비스를 싼값에 이용할 수 있도록 합리적인 정책을 제공해 주기를 바란다.

오늘의 한마디

육개장 사발면 판매 또 안 하나요?
끼워팔기 하면 좋을 텐데요.
지역별 당근에 육개장 사발면 풍년입니다.

"방화범은 잡고, 내 인생의 불씨는 살리고."

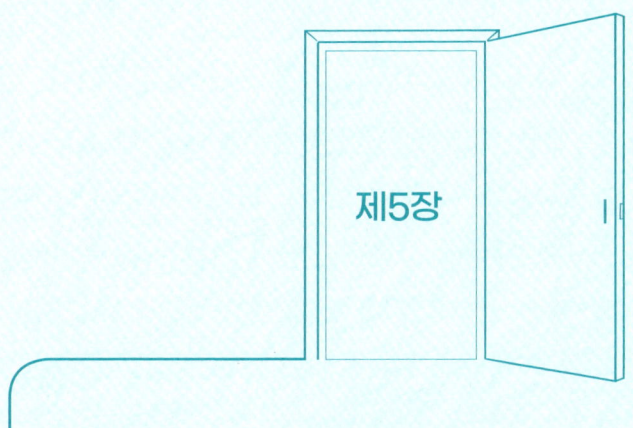

제5장

안전

소 잃기 전에
외양간 고치는 프로 참견러

화재, 사고, 건강 등 자칫 무거울 수 있는 '안전' 주제를,
미리 대비하는 삶의 지혜로 승화시켜 위트 있게 풀어냈습니다.

화재
방화문

1월 3일 오후 화재가 발생했다. 건물 전체로 불이 번졌다. 식당에서 시작된 불은 차량에도 옮겨붙었다. 사람들의 희생이 발생할 수 있는 상황이었다. 내부에 있던 사람들의 사상은 전혀 없었다. 화재를 대비한 시설이 잘 마련되어 있었기 때문이다. 가장 큰 역할을 한 것은 방화문이다. 화재가 발생하면 유독가스로 인한 인명피해가 가장 크게 발생한다. 유독가스를 막아주어 사람들의 피해를 방지할 수 있었다.

건물 내부에 설치된 스프링클러도 잘 작동했다고 한다. 인명 피해를 방지할 수 있었던 또 하나가 있다. 사람들의 대피를 돕는 경보시스템이다. 화재가 발생했을 때 대비할 수 있는 모든 기능이 정상으로 작동했다. 사람들의 생과 사를 구분 짓는 것은 기본에 충실하는 것이다. 안전을 보장하는 방법은 그리 어렵지 않다. 예측 가능성을 높이는 것이 우선이기 때문이다.

국가의 가장 큰 역할이 있다. 국민의 안전이다. 안전한 국가를 만들어야 사람들이 마음 놓고 살아갈 수 있다. 안전한 국가에서는 경제활동도 원활하게 할 수 있다. 경제의 선순환 구조가 잘 발휘되고 있어야 안정적인 투자가 가능하다. 불확실한 상황에 투자하는 사람들은 그리 많지 않다. '모 아니면 도'인 상황에서 베팅을 하는 경우는 카지노 말고는 없다.

삶을 살아가면서 안전에 위협을 받는 나라가 되어서는 안 된다. 안전이 보장되지 않는 나라는 후진국으로 분류된다. 우리나라의 경제는 선진국으로 분류되고 있다. 아직 여러 가지 영역의 제도와 시스템이 미비한 것도 있다. 빠르게 개선해서 안전한 국가를 만들어야 한다. 이곳저곳에서 예측하지 못한 불의의 사고가 발생하기도 한다. 이런 사고로 인한 인명 피해는 없도록 해야 한다.

사회에 문제가 발생하면 먼저 해야 할 일이 있다. 문제점을 발견하고 해결책을 모색해야 한다. 해결책이 마련되면 제도와 시스템을 개선할 필요도 있다. 문제점이 없는 때도 있다. 지금까지 잘해왔다면 계속 유지할 수 있는 방법을 찾을 필요도 있다. 한순간의 방심은 또 다른 피해로 이어질 수 있기 때문이다. 많은 사람들이 안전하게 살아갈 수 있는 국가가 되어야 한다.

오늘의 한마디

새로운 차를 사면 소화기가 비치된다고 합니다.
기존에 타던 차량에
소화기 하나씩 설치해 두는 건 어떤가요?

장거리 운전
편의 장치

어제는 2시간여 거리에 있는 곳에 다녀왔다. 고성의 거진이라는 곳이다. 우리나라에서 가장 북쪽에 있다. 통일전망대가 근처에 있으니 말이다. 출발하면서 고속도로에 올랐다. 국도로 갈 수 있는 곳이기도 하다. 국도 길은 진부령을 넘어야 한다. 장거리 운전해야 한다. 예전 같으면 톨게이트 비용을 줄이는 선택을 하기도 했다. 장거리 운전하기 좋은 고속도로를 선택했다. 고속도로는 시간을 단축할 수 있기도 하다.

장거리 운전을 하면 피곤하다. 도로를 운행하면서 발생할 수 있는 각종 돌발 사고에 대비해야 한다. 미리 준비하지 않으면 큰 사고로 이어질 수 있다. 고속도로에서의 사고는 더욱 그렇다. 사고가 발생하면 빠르게 대처하고 2차 사고에도 대비해야 한다. 많은 사고가 2차 사고로 발생한다. 사망사고로 이어지기도 한다. 운전을 할 때 항상 조심해야 하는 포인트다.

장거리 운전에는 음악이 빠질 수 없다. 예전에는 CD나 테이프를 통해 음악을 즐겼다. 요즘은 다르다. 유튜브 뮤직 앱으로 스트리밍을 통해 음악을 들을 수 있다. 블루투스로 한 번만 연결해 두면 된다. 차에 시동을 거는 순간 자동으로 연결된다. 운전하다가 전화를 하는 경우도 있다. 블루투스로 연결된 핸즈프리는 안전 운전을 하는데 도움을 준다.

차량에 탑재된 각종 장치는 운전을 편안하게 해준다. 쾌적한 운전을 가능하게 한다. 안전장치는 사고 발생을 예방해 준다. 얼마 전 고속도로에서 옆 차량이 갑자기 튀어나오는 통에 사고가 날 뻔했다. 갑작스러운 차선 변경을 했는데 차량의 VDC를 비롯한 몇 개의 경고등이 들어오더니 자세를 잡아주었다. 옵션 값했다. 안전장치 옵션이 없었으면 그 자리에서 사고가 났을 거로 생각하니 아찔했다.

장거리 운전을 할 때 신경 써야 하는 일들이 줄어들었다. 예전의 자동차 편의 장치에 비교하면 그렇다. 어렸을 때 아버지의 자동차다. 포니와 비슷하게 생긴 '맵시'라는 차였다. 열선도 없다. 안테나가 올라오는 자동차였을 때다. 테이프로 음악을 들을 수 있는 라디오가 달려있었다. 편의 장치라고는 그것뿐이다. 에어컨이 있었는지는 기억이 안 난다. 운전석 창문도 문에 달린 닭다리 모양을 돌려서 여는 구조였다. 참 세상 좋아졌다.

오늘의 한마디

작은 것에 행복을 느껴야 합니다.

오늘은 어떤 행복을 만나실 건가요?

독감
예측

독감이 전국적으로 유행이다. 독감이 2016년 이후 대유행이라고 한다. 10여 년 만에 유행이다. 올해 예방주사는 별 효력이 없었나 보다. 영유아나 초등학생들은 독감 예방주사를 맞았을 텐데 유행하게 되니 당황스럽다. 미처 대비하지 못한 것은 아닌가 싶다. 유행이 예상되는 독감 백신을 놓게 되는데 예측이 잘 안되는 경우도 있을 수 있다.

코로나19 엔데믹 이후로 개인위생 관리가 소홀해진 탓도 있다. 추운 겨울 환기를 잘 하지 않는 이유도 있다. 다행히 예전에 유행했던 독감이라 병원 진료와 함께 약을 먹으면 된다고 한다. 다행이다. 얼마 전 몸살감기로 고생했는데 독감은 아니었다. 오늘부터라도 위생 관리에 힘써야겠다. 손을 잘 씻고, 자주 사용하는 물건은 소독하는 것도 필요하다.

미래를 예측하기는 어렵다. 진행되는 일들이 예측하지 못한 경우도 있다. 벌어지는 상황에 관하여 잘 분석하고 대비해야 한다. 문제가 발생하면 빠르게 해결책을 제시해야 한다. 그렇지 않으면 또 다른 문제가 발생하게 마련이다. 해결이 되지 않은 상황에서 다른 문제가 발생하게 되면 더 이상의 진행이 어렵게 되기도 한다. 신중하게 판단하고 문제를 해결하기 위해 노력해야 한다.

어떤 일이 생겼을 때 잘잘못을 가리는 것은 나중 문제다. 일단 문제부터 해결하고 진행해도 된다. 많은 사람들이 잘잘못을 가리는 일부터 시작한다. '나는 잘했고 너는 잘못했다.'라는 논리가 대부분이다. 어떠한 문제든지 상황의 인과관계를 따져보아야 한다. 원인이 있어야 결과가 있게 마련이다. 결과를 두고 원인을 찾지 않은 채 자의적으로 해석해 보아야 해결되는 문제는 없다.

문제가 발생하면 차분하게 그 원인을 따져야 한다. 최대한 객관적인 시각에서 접근해야 한다. 자기만 생각하고 논리를 전개하면 결국 어려움에 봉착하게 된다. 다른 사람들을 먼저 생각해야 하는 이유다. 다른 사람을 먼저 생각하면 결국 나에게 돌아온다. 시간이 필요할 뿐이다. 조금 인내심을 가지고 타인을 위한 일들을 찾아보면 어떨까? 인생 길게 생각해야 한다.

오늘의 한마디

오만가지 문제를 발생시키고

남 탓만 하는 사람들이 있습니다.

이런 사람들은 어떻게 해야 하나요?

산 불
불조임

산불이 심하다. 날씨가 따뜻해지나 싶더니 전국적으로 산불이 극성이다. 산불로 인한 피해가 심각하다. 사상자도 발생하였다고 한다. 어제 오후, 산불이 심한 지역은 고속도로의 통행과 열차의 통행도 금지했다고 한다. 급한 불은 진화가 되었다. 아직은 잔불 정리가 더 진행되어야 한다. 더 이상 산불로 인한 피해가 나지 않기를 바란다.

자연재해는 사람들이 극복하기 쉽지 않다. 미리 대비하고 예방하는 것 외에는 달리 방법이 없다. 산불도 비슷하다. 산불은 어느 방향으로 진행되는지 예측이 쉽지 않다. 바람이 많이 부는 날에는 불씨가 먼 거리를 날아가기도 하기 때문이다. 봄을 맞이하는 시기 메마른 날씨의 영향도 있다. 겨우내 말라 있었던 나뭇가지가 불쏘시개 역할을 하기도 한다. 최근 비가 오지 않은 이유도 있다.

사람들이 모여 살기 시작한 이유에는 여러 가지가 있다. 그중의 하나가 불이다. 불을 다루면서 음식을 익혀 먹기 시작했다. 불을 피워 주변을 따뜻하게 하고 체온을 보호했다. 서서히 평균 수명이 증가한 이유이기도 하다. 모여 살면서 얻은 결과도 있다. 호랑이,

사자 등의 짐승으로부터의 위협에 대비하기도 했다. 지구상에서 사람만큼 사회성이 뛰어난 동물도 없다.

규칙과 법은 사람들이 모여 살면서 만들어냈다. 이것은 사람들 간에 최소한 이것 정도는 지켜야 한다는 합의와도 같다. 합의를 지키지 못하면 벌칙을 주기도 한다. 나라마다 문화가 다르다. 문화에 따라 규칙과 법이 다른 이유이기도 하다. 서로 생각하는 방법이 다르면 문화도 다르게 나타나기 때문이다. 예를 들어보자. 우리나라에서는 맞은 문제에 동그라미를 친다. 옆 나라 필리핀에서는 틀린 문제에 동그라미를 친다.

산불의 확산으로 더 이상의 피해가 나지 않기를 바란다. 농사일을 준비하면서 자재를 태우거나 논두렁을 태우는 일도 자제할 필요가 있다. 미리 대비하지 않으면 큰 피해가 발생할 수 있다. 사람들이 사회를 이루고 살아가기 때문에 얻는 것이 있다. 서로를 함께 보호해 줄 수 있다는 것이다. 혼란스러운 상황이 빠르게 해결될 수 있기를 바란다.

오늘의 한마디

불조심합시다!

강추위
건 강

___

　강추위다. 아침 기온이 영하 22도다. 집에 있는 냉동실보다 밖이 더 춥다. 모두 꽁꽁 얼려버릴 기세다. 날씨를 전하는 기상캐스터가 기발한 도구를 활용하기도 했다. 젓가락 채 얼려버린 컵라면은 실소를 자아낸다. 젓가락에 걸린 컵라면의 면발이 폭포수처럼 매달려 있다. 의도한 연출이기는 하지만 우리나라도 한추위 한다는 것을 여실히 증명했다.

　정말 춥다. 추위가 지속되면 주변의 저소득층이나 혼자 살아가고 있는 분들을 챙겨야 한다. 추위를 어렵게 이겨내고 있는 분들이 많다. 경기침체로 인하여 나눔의 손길이 넉넉하지만은 않다. 누군가의 도움이 필요한 사람들을 찾을 필요도 있다. 추위를 온몸으로 버텨내고 있는 사람들이 있다. 저체온증이나 각종 질환으로 인하여 건강에 문제가 생긴 사람들도 있기 때문이다.

　춥다고 창문을 닫고 지내는 것도 좋지 않다. 독감이 전국적으로 유행이다. 밀폐된 곳에서 환기하지 않고 생활하다 보면 호흡기 질환이 생기기 쉽다. 가끔 생각날 때라도 환기를 해주어야 한다. 평소 손을 잘 씻고 개인위생 관리를 잘하는 것도 필요하다. 추운 겨울을 슬기롭게 극복할 수 있는 지혜가 필요한 시점이다. 건강은 한 번 무너지면 회복하기 어렵다.

사람의 건강도 그렇지만 사회의 건강도 관리해야 한다. 많은 사람들이 시간과 노력을 들여 구축한 사회다. 사회도 한 번 무너지면 회복하기 쉽지 않다. 경제도 그렇다. 대외적으로 신뢰 수준이 떨어지게 되면 문제가 생기게 마련이다. 한 번 떨어지면 다시 회복하기 어렵다. IMF 사태로 인하여 많은 사람들이 고통을 겪었다. 우리나라의 경제를 거의 다시 세우는 순서를 밟기도 했다.

작년 말부터 혼란한 상황이 지속되고 있다. 빠르게 수습해야 미래를 준비할 수 있다. 버릴 건 버리고 바꿔야 한다면 바꾸어야 한다. 과거로 회귀하는 것이 바람직하지만은 않다. 사회는 안정적이어야 한다. 신뢰할 수 있어야 경제도 돌아간다. 신뢰하지 못하는 사회는 예측할 수 없기 때문이다. 사회의 정의도 같은 맥락이다. 정의로운 사회가 될 수 있도록 모두 노력해야 한다.

오늘의 한마디

오늘은 밖으로 나가지 마세요.

큰일 날 수 있습니다.

미세먼지
마스크

  미세먼지가 심하다. 어제 강릉에서 춘천으로 들어오는데 원창고개를 넘으니 도시 전체가 뿌옇다. 맑은 날은 원창고개를 넘으면 춘천의 도심이 보인다. 춘천이 분지인 이유도 있다. 산으로 둘러싸여 있어 도시가 내려다보인다. 이 때문에 미세먼지가 심한 날은 안개가 낀 것처럼 하루 종일 뿌옇다. 앞이 보이지 않을 정도로 심하다. 호흡기가 약한 사람들은 마스크를 쓰는 것이 좋겠다.

  한동안 마스크를 잊고 지냈다. 코로나19 때는 하루에 많게는 2~3장씩 사용하기도 했다. 마스크가 품귀현상일 때는 마스크 끈을 사용해서 며칠씩 사용하기도 했다. 대부분의 사람이 마스크를 쓰고 다니면서 독감이나 감기는 사라졌다. 코로나19가 유행할 뿐이었다. 집에 들어오면 소독하고 손을 씻고, 환기도 주기적으로 했으니 호흡기 질환이 생기는 게 이상할 정도다.

  겨울철 북서풍이 부는 경우가 많다. 이때 찬바람이 불면서 추워진다. 반대로 날씨가 온화해질 때가 있다. 미세먼지가 기승일 경우가 많다. 황사의 유입도 매년 증가하고 있다. 전반적인 호흡기 질환에 관한 관리가 필요하다. 독감이 유행이다. 이전처럼 개인위생 관리를 철저히 할 필요가 있다. 독감 진단키트의 문제점도 나오고 있다. 의료인들이 검사하는 기준을 맞추어야 하는데 그렇지 못한 경우 병을 방치하기도 한다.

미세먼지 비상저감조치도 진행되고 있다. 차량의 운행이 차량번호 끝 번호 홀짝으로 결정된다. 대중교통을 이용하는 것도 방법이다. 미세먼지가 강한 날은 야외 행사도 운영을 중단한다. 당연히 실내 생활이 많아진다. 실내에서도 건강관리를 효율적으로 해야 한다. 한 번 무너진 건강은 회복하기 어렵기 때문이다. 마스크를 쓰고 밖으로 나가 잠시라도 걷자.

겨울철은 바깥 활동이 쉽지 않다. 건강관리를 위해서는 조금씩이라도 움직이는 것이 좋다. 주변의 사람들과 이야기를 나누고 생각을 정리하는 것도 좋다. 사람들을 챙기지 못했다면 전화나 문자를 남기는 것도 좋겠다. 좋은 관계는 한 번에 만들어지지 않는다. 가볍게 차 한잔 마시면서 생각을 나누다 보면 자신의 감정도 잘 조절되는 것을 느낄 수 있을 것이다.

· ·

오늘의 한마디

가만있어 보자⋯.

오늘은 누구를 만날까?

· ·

폭설

때 해

폭설이다. 전국적으로 눈이 많이 내리고 있다. 설 연휴라 이곳저곳 다닐 일이 많은데 걱정이다. 설 연휴에도 눈을 치우기 위해 도로를 관리하는 사람들이 있다. 어렸을 적에는 설날 눈이 오면 무척 좋아했던 기억이다. 사촌들과 함께 눈싸움도 하면서 재미있게 보냈던 생각이 난다. 어느 순간 눈이 많이 오는 경우 '사고가 나면 어떻게 하지?' 또는 '눈은 어떻게 치워야 하나?' 하는 생각이다.

병원에서 일하는 의사, 간호사와 같이 긴급을 요하는 일에 종사하는 사람들이나 경찰, 군인 등은 연휴에 잘 쉬지 못한다. 문제를 미리 예방하는 역할을 하기 때문이다. 발생하는 문제나 사고를 해결하기도 한다. 자신의 역할에 충실해야 나라에도 문제가 생기지 않는다. 각자 맡은 일을 문제없이 처리해야 한다. 휴일에도 쉬지 못하고 일해야 하는 사람들에게 인센티브를 주는 것도 좋은 방법이다.

우즈베키스탄에서 우리나라에 유학을 온 청년이 있다. 이 청년은 틈틈이 일을 해서 돈을 벌었다. 엊그제 컨베이어벨트에 끼어 숨지는 사고를 당했다. 청년은 가족들과 만남을 앞두고 있었다. 안타까운 상황이다. 현장의 안전시설을 미리 점검해야 했다. 사고가 나는 경우 빠르게 수습하고 해결할 수 있어야 한다. 혼자 작업을 하다가 생긴 일이라고 하니 무언가 작업환경에 문제가 있는 것은 아닐까? 하는 생각이다.

주변에 설에도 힘겹게 버티는 이웃들이 있다. 주변에 여유가 없는 사람들을 도움을 주는 건 어떨까? 주변의 기초생활수급자나 독거노인 등도 많이 있다. 설을 전후해서 각종 복지혜택을 주고 있다. 마음의 여유를 갖도록 도와주어야 한다. 많은 사람들에게 도움을 줄 수 있는 다양한 방법을 찾아보는 것도 좋은 방법이다. 설 연휴에 주변 사람들도 생각해 보는 시간이 되기를 바란다.

이번 연휴는 길다. 31일까지 휴가를 내거나 쉴 수 있으면 다음 주 일요일까지 쉴 수 있다. 이번 연휴는 날씨가 도와주지 않는다. 사람들의 쉼을 가져다줄 수 있는 시간이 되기를 바란다. 눈으로 인한 사건이나 사고에 휘말리지 않도록 날씨가 도와주면 좋겠다. 여러 사람들에게 희망이 되는 설 연휴가 되기를 바란다. 음력설이 지난 새해에는 좋은 일만 가득하길 바란다.

오늘의 한마디

새해 복 많이 받으세요.

고장
TV

가전제품이 하나씩 고장 나고 있다. 재작년 김치냉장고가 갑작스 럽게 고장 났다. 안에 김치가 저장되어 있어 급히 새로운 김치냉장 고를 구매했다. 이후 사용하던 가전제품이 하나씩 고장이다. 대부 분 2011년에 산 제품이다. 거실에서 사용하던 TV도 고장이 났다. 사용하던 셋톱박스가 고장인 줄 알았는데 아니었다. 2011년 스마 트 TV를 샀다. 무려 200만 원을 넘게 주고 샀던 거로 기억한다.

밥솥도 고장이다. 밥솥은 뚜껑을 여는 부분이 살짝 고장 나서 그 냥 쓰고 있었다. 사용하는 데 그리 어려움을 느끼지 못해서다. 그 대로 몇 달간 사용하다 보니 이제는 고정 부위가 빠졌다. 부서지고 스프링이 튀어나왔다. 밥을 하는데 압력을 견디지 못하고 옆으로 다 새 나온다. 밥하다가 밥솥이 폭발하면 사람도 다칠 수 있겠다 싶어 기존에 사용하던 밥솥과 바꿔두었다. a/s를 받거나 폐기해야 겠다.

모든 물건은 수명이 있다. 시간이 흐르면 사용하지 않아도 노후 화하고 고장 나기도 한다. 오랜 기간 사용하면 좋겠지만 그렇지 못 한 경우도 있다. 보내줄 시간이 되면 보내주어야 한다. 지금의 가치가 계속되거나 더 좋아질 수 있는 물건은 흔하지 않다. 진품명품이나 유물 외에는 가치는 하락하게 마련이다. 오랜 기간 사용한 물건은 애착이 간다. 추억이 담겨있기 때문이다.

새로운 물건을 사면 적응하는 데 시간이 필요하다. 애정을 주고받는 시간이다. 어떤 기능은 물건을 버리거나 중고로 판매할 때까지 한 번도 사용해 보지 않는 경우도 있다. 물건을 산 이후에 사용 설명서의 내용대로 모두 한 번쯤은 눌러보아야 한다. 내가 사용하지 않는 기능도 알게 되면 기능을 쓸 수도 있기 때문이다. 구매한 비용에는 당연히 그 기능에 관한 비용도 들어가 있으니 말이다.

당장 TV를 어떤 제품을 살 것인지 어떻게 살 것인지 고민해야한다. 최소 10년은 사용해야 하기 때문이다. 고장이 났을 때 수리도 신경을 써야 한다. 고장 난다고 모두 버리거나 하면 그것도 문제다. 비용도 만만치 않기 때문이다. 대여해 쓰는 분들도 많던데 빌려서 쓰는 것도 좋은 방법이다. 싫증 나면 바꾸면 그만이니 말이다. 물건의 다양한 구매 방법은 많으면 많을수록 소비자에게 이득이다. 단, 비용은 따져볼 필요가 있다.

오늘의 한마디

TV는 어떤 제품이 좋을까요?

추천 부탁드립니다.

붕괴 사고
안 전

어제 갑작스러운 사고 소식이 들렸다. 고속도로를 건설 중이었고. 다리를 시공하고 있었다. 다리가 갑자기 무너져 내리면서 사상자가 발생했다. 붕괴 사고의 영상을 제보한 차량의 운전자는 천운이었다. 조금만 늦게 그 장소를 지나갔어도 어떤 일이 일어날지 아무도 몰랐다. 길을 지나가다가 영문도 모른 채 생사의 갈림길을 만날 수도 있다는 사실이 충격적이었다.

사람의 운명은 아무도 모른다. 인명재천(人名在天)이라는 말도 있다. 사람의 목숨은 하늘에 달려있다는 말이다. 사람의 힘으로는 어쩔 방법이 없다는 말이다. 어제의 안타까운 사건은 안전하지 않아서 발생한 일이다. 영문도 모른 채 사망하게 되면 그만큼 억울한 일은 없다. 안전한 나라를 만들어야 한다. 사고가 예측할 수 있고 예방할 수 있어야 한다. 그래야 대비할 수 있다.

그동안 안전사고와 관련하여 큰 노력이 있었다. 20~30년 전과 비교하면 안전하게 공사를 하고 작업하기 위한 많은 제도와 장비가 생겨났다. 현장에도 적용되고 있다. 그럼에도 불구하고 사고는 발생한다. 미리미리 대비하고 준비해야 큰 사고를 막을 수 있다. 그동안 만들어둔 제도와 장비로 인하여 더 큰 사고가 발생하는 것을 막았을 수도 있다.

오늘 만나는 하루는 누군가에게는 기다림일 수 있다. 하루하루 감사하며 살아가야 하는 이유다. 작은 일에도 감사함을 느끼고 살아가야 한다. 내가 캠핑하러 다니는 이유다. 누군가는 집 놔두고 왜 밖에서 고생이냐고 한다. 불편함을 알아야 집이 편한 것을 안다. 편한 것만 찾다 보면 행복한 줄 모르고 불행을 논하고 있는 경우도 생긴다. 약간의 불편함을 감수해야 행복도 느낄 수 있다.

행복의 이유는 무엇일까? 사람마다 다르다. 중요한 것은 행복은 누가 알려주는 것이 아니다. 스스로 느껴야 한다. 자신만의 방법으로 행복감을 느낄 수 있도록 노력하자. 그래야 행복할 수 있다. 하루하루를 긍정적으로 살아가자. 긍정적인 생각은 긍정적인 행동으로 이어진다. 결국 긍정의 힘은 자기 생각에서 시작한다. 스스로 행복할 수 있어야 하는 이유다.

오늘의 한마디

오늘 하루도 안전하신가요?

싱크홀
안 전

싱크홀이란 지하수로 인하여 공간이 주저앉아 발생하는 웅덩이를 말한다. 서울 한 복판의 도로에 싱크홀이 생겼다. 거대한 싱크홀이 발생하면서 주변의 흙이 계속 무너지기도 했다. 싱크홀은 상수도관의 파열로 시작되었다. 달리던 오토바이가 그대로 추락했다. 토사와 물이 섞여 있어 오토바이 운전자의 구조가 늦어지고 있다. 빨리 구조되기를 바란다.

길을 가다가 거대한 웅덩이가 발생한다면 당황스러울 수밖에 없다. 이번 싱크홀 사고는 지하철 공사와 연관이 되었을 가능성이 크다고 한다. 서울 같은 대도시의 공사는 여러 가지 공사가 겹쳐있는 경우가 많다. 미리미리 대비하고 준비할 필요가 있다. 길을 가던 사람들이 영문도 모르고 다치는 경우는 발생해서는 안 된다. 국가가 존재하는 가장 큰 이유는 시민들의 안전이다.

시민의 안전을 보장하지 못하는 국가가 되어서는 안 된다. 사고의 발생을 미리 대비하고 준비해야 한다. 사고가 발생했다면 이른 시간 안에 처리해야 한다. 사람이 다치는 상황이 발생하면 빠르게 수습하고 치료할 수 있어야 한다. 응급체계를 구축하고 처리할 수 있도록 다양한 시각에서 준비해야 한다. 미리 준비한 경우와 그렇지 못한 경우는 다르다. 대응하는 방식이 천지 차이다.

"신에게는 아직 12척의 배가 남아있습니다." 영화에 등장한 이순신 장군의 유명한 말이다. 임진왜란 당시 이순신 장군의 준비가 없었다면 어떻게 되었을까? 전쟁이 일어날 것을 미리 예측하고 준비했기에 가능한 일이다. 자신의 미래를 준비할 필요도 있다. 미래를 예측하기는 어렵다. 예상과는 다른 전개가 진행되기도 한다. 미래를 살아본 사람은 아무도 없기 때문이다.

새로운 하루가 밝았다. 오늘은 어떠한 일이 펼쳐질지 아무도 모른다. 미리 준비하고 대비한다고 해도 예상과 다른 경우도 많다. 미래를 알고 있다면 교통사고도 발생하지 않을 수 있지 않을까? 차량에 각종 안전장치가 추가되는 이유이기도 하다. 안전장치가 제 기능을 한 번만 발휘해도 옵션값은 충분히 뽑을 수 있다. 사람이 다치지 않은 것만으로도 충분히 만족할 수 있기 때문이다.

오늘의 한마디

의성에서 시작된 산불이
안동까지 올라왔다고 하네요.
불이 빨리 꺼져야 할 텐데요.

산 불

　헬리콥터가 한몫을 단단히 하고 있다. 며칠째 계속되는 산불을 끄기 위해서다. 헬리콥터는 헬기라고도 불린다. 회전익을 사용하는 항공기다. 잠자리가 날아가는 모습과 비슷하게 설계했다는 이야기도 있다. 모두 비슷해 보이지만 다양한 모양을 가지고 있다. 날개가 2개 달려 수송을 담당하기도 하고, 드론을 크게 만들어둔 형태도 있다.

　헬리콥터는 작동할 때 소음이 많이 발생한다. 연료의 소모량도 높다. 그럼에도 불구하고 많이 사용되는 이유가 있다. 수직 이착륙이 가능하기 때문이다. 군사용으로도 사용되는 이유다. 공중에서 제자리 비행도 가능하다. 아파치헬기의 경우는 공중에서 사격도 가능하다. 적진에 침투할 때도 유용하게 사용할 수 있다. 헬기를 활용하여 산불을 끌 때 활용하는 이유다. 헬기는 화재 발생 지역에 집중적으로 물을 뿌리는 것이 가능하다.

　어제는 비 예보가 있었다. 예상보다 적은 양에 실망했다. 산불이 꺼질 정도로 많은 양의 비가 오기를 바랐다. 비는 잠깐 내리다 말았다. 헬기가 뜨지 못해 오히려 산불이 번지는 건 아닌지 걱정이 되기도 했다. 산불로 인하여 많은 연기가 생기기도 한다. 헬기는 날씨의 영향을 많이 받는다. 시야가 확보되지 않으면 이착륙할 수 없다. 돌풍이 불 때에도 마찬가지다.

며칠 전, 산불을 끄기 위해 투입된 헬기가 추락했다. 조종사는 사망했다. 다른 사람을 위해 일하다가 순직하신 분이다. 이번 산불로 희생된 분들이 상당히 많다. 크고 작은 부상으로 피해를 본 사람들도 많다. 삶의 터전을 잃어버린 사람들도 많다. 노후를 편안하게 보내고자 전원주택을 마련한 사람들도 있다. 집과 가재도구가 모두 불타 없어지기도 했다.

산불은 아직 꺼지지 않고 있다. 북쪽으로 올라오고 있다. 안동 시내의 피해 상황도 늘어나고 있다. 유네스코 문화유산인 하회마을의 피해를 막기 위한 노력도 하고 있다. 산불이 전국적으로 확산하고 있는 모양새다. 빠르게 불을 끄고 회복을 위해 노력을 할 수 있는 날이 오기를 바란다. 국민이 바라는 것은 평범한 일상이 계속되기를 바란다. 행복은 평범함을 누릴 수 있는 날 찾을 수 있기 때문이다.

오늘의 한마디

전국적으로 비가 일주일만 오면 좋겠네요.

산불 피해 보신 분들 힘내세요.

재난
예방

재난 영화의 한 장면이다. 영화 속 주인공의 생존을 위한 탈출이 시작된다. 급히 빠져나오기 위해 숨 가쁘게 움직인다. 빠르게 움직이다가 막다른 길을 만나기도 한다. 실제 이와 같은 상황이 벌어지면 어떻게 대처할 것인가? 경북 산불로 인한 탈출 영상을 보면 '구사일생'이라는 말이 절로 나온다. 여러 명이 차를 타고 급히 탈출한다. 멈추면 안 된다. 앞이 보이지 않는다.

미얀마에서 7.7 규모의 지진이 발생했다. 태국 방콕에서 건축 중이던 고층 건물이 무너지고 큰 피해가 발생했다. 미얀마는 수년째 내전이 진행 중이다. 많은 사람들이 피해를 보았다. 사회적 문제가 될 소지가 크다. 나라가 안정화되어야 빠르게 수습도 가능하다. 사회적 불확실성은 사고에 대한 대처도 미흡하게 될 수밖에 없다. 빠르게 안정화되어야 하는 이유다.

지진에 대한 대비책도 갖추어야 한다. 내진 설계가 되지 않았다면 보강도 필요하다. 큰 규모의 지진이 발생하면 건물이 언제 무너질지 모른다. 사고가 발생하면 어떻게든 살아야 한다. 살아야 다친 몸을 치료할 수 있다. 잘잘못도 가릴 수 있다. 살아남지 못하면 아무것도 할 수 없다. 화재로 인한 사고건 교통사고건 살아남아야 해결이 가능하다. 생존해야 가릴 수 있다.

일상생활을 하면서 다양한 사고가 발생할 수 있다. 사고를 예방하는 것이 우선이다. 발생한 사고는 대책을 마련해 두어야 한다. 예방한다고 해서 모든 사고가 발생하지 않는 것은 아니다. 사고에 관한 대처가 중요한 이유다. 초기에 대처를 어떻게 하느냐에 따라 사고의 규모도 달라진다. 많은 사람들이 피해를 보지 않도록 다양한 안전대책이 필요한 이유다.

산불의 발생을 예방하기 위한 다양한 대책이 필요하다. 우선 방화하지 않도록 하는 것이 중요하다. 불이 났을 때 진화를 위한 소방헬기도 확충이 시급하다. 30년 이상 노후화된 장비의 비중이 높기도 하다. 여러 가지 대비책을 마련하고 시행해야 한다. 스프링클러 형식의 산불 발생 예방 장치의 보급도 필요하다. 소 잃고 외양간도 안 고치면 다른 피해에 대처하지 못할 수도 있다.

오늘의 한마디

사회적 불확실성은
소 잃고 마구간을 고치기도 합니다.
빠르게 회복되기를 바랍니다.

대피 훈련
생존율

대피 훈련 중 실제 상황이 발생한다면 어떻게 해야 할까? 실제 상황을 대비한 훈련이 진행되는 경우가 많다. 예를 들면 지진이나 화재 등에 관한 훈련이다. 사전에 대피 훈련을 하면 실제 상황 발생 시 어떠한 방향으로 대피해야 하는지를 구체적으로 파악할 수 있다. 사람들의 안전한 대피 방법을 파악하고 생존율을 높일 수 있다. 대피 훈련을 해두는 이유이기도 하다.

눈이 내린 산에서 조난된 사람들이 있다. 구조를 해야 한다. 이런 상황에도 훈련이 필요하다. 훈련 중 눈이 녹아 눈사태가 발생한다면 어떻게 될까? 구조 훈련 중이었던 사람들이 실제 상황으로 돌변한 경우가 있다. 다행히 사고 없이 무사히 빠져나왔다. 실제 상황으로 진행된 훈련은 사람들의 간담을 서늘하게 했다. 훈련이 실전과 비슷하면 더할 나위 없이 좋은 결과를 가지고 온다.

반대의 경우도 있다. 훈련을 하다가 사람들이 사망하는 경우도 있다. 이런 경우는 두 종류로 구분된다. 안전에 관한 대비가 미흡하거나 실수하는 경우다. 얼마 전 있었던 전투기의 오폭 사고는 실수에 해당한다. 민가에 떨어진 포탄은 민간인이 다치고 집이 부서지는 등 피해가 발생했다. 안전에 관한 대비는 아무리 철저하게 해도 지나치지 않다. 엉뚱한 사람들이 피해를 보지 않도록 해야 한다. 미리 사고에 대비해야 하는 이유다.

의도하지 않았는데 엉뚱한 사람에게 피해가 가는 경우가 있다. 갑작스러운 사고로 많은 사람들이 피해를 보기도 한다. 방화로 인한 피해가 그렇다. 미처 대비하지 못한 채로 불기둥을 맞이하면 당황하게 된다. 화재가 발생하면 연기로 인한 피해율이 높다. 질식에 의한 사고가 높은 이유다. 이러한 이유로 화재 발생 시에는 젖은 수건으로 입과 코를 막고 이동하라는 지침이 있다.

사고의 발생률을 극도로 높이는 방법이 있다. 아무 일도 하지 않으면 된다. 아무 일도 하지 않으면 아무 일도 일어나지 않기 때문이다. 집에서 아무 일도 안 하는데 갑자기 집이 무너지면 어쩔 수 없다. 그건 운명이다. 받아들일 수밖에 없다. 사람들은 일상생활을 하면서 다양한 상황을 마주한다. 나의 생존율을 높이려면 사고에 관한 대비책을 철저히 세워야 한다. 미리 계획하면 빠르게 대처할 수 있기 때문이다.

오늘의 한마디

처음 방문하는 장소에 가면

대피로부터 유심히 찾아보는 게 좋습니다.

유사시 나를 보호할 수 있는 길이니까요.

보 험
자기 계발

보험이란 일정한 금액을 납부하고 사고 발생 시 정해진 보상을 받는 것을 말한다. 자동차보험을 비롯해 다양한 영역에서 활용되고 있다. 의료비 보험도 있다. 실손보험은 내가 지출한 의료비를 되돌려 받는다. 치과 보험도 인기다. 치과 진료의 경우 상당한 고액이 지출되는 경우도 많이 있기 때문이다. 다양한 보험에 많이 가입해 두면 좋다. 문제는 지출이 많아진다는 것이다. 합리적인 보험 가입이 필요한 이유다.

보험에 가입했으면 적절히 활용해야 한다. 그렇지 않으면 돈만 낭비하는 꼴이 된다. 일정한 금액은 되돌려 받을 수 있어야 한다. 사실을 바탕으로 되돌려 받아야 한다. 보험금을 타 내기 위해 사기 행각을 벌이는 일도 있다. 자동차로 고의 사고를 내기도 한다. 이런 경우 여러 사람들에게 피해를 주기도 한다. 증가한 보험 지급금은 많은 사람들에게 부담하는 금액을 올리게 되기 때문이다.

자신의 이득을 위해 다른 사람들을 이용하면 안 된다. 보험 사기로 인한 피해액을 살펴보자. 3년 연속 1조 원이 넘는다고 한다. 사기는 개인의 이득을 위해 다른 사람을 이용하는 경우를 말한다.

사회 전반적으로 이러한 비용이 증가하고 있다. 누군가에게 도움을 줄 수 있는 사람이 되어야 한다. 이타성은 결국 세상을 변화하게 한다. 자신에게 필요한 것은 무엇인지, 다른 사람들에게 줄 수 있는 도움은 무엇인지를 파악해야 한다.

직업의 공통점은 무엇일까? 다른 사람에게 필요한 일이나 물건을 제공하고 대가를 받는다. 한 사람이 모든 일을 할 수 없기 때문이다. 나에게 필요한 것은 무엇인지 파악해 볼 필요가 있다. 어떠한 강점이 있고 어떻게 활용하면 장점을 극대화할 수 있을지를 알고 있어야 한다. 다른 사람들에게 도움을 줄 수 있는 방법을 찾아보고 활용할 수 있도록 말이다.

나에게 투자하는 것이 가장 좋은 보험이다. 사람들이 자기 계발에 열광하는 이유다. 자신을 발전시키고 다른 사람들에게 도움을 줄 수 있는 방법을 찾아야 한다. 자신을 발전시키는 것은 사회 전체를 보아도 이득이다. 많은 사람들이 가진 능력이 모여 사회를 이끌어 갈 수 있기 때문이다. 이타성도 필요하다. 다른 사람들에게 도움이 될 방안을 찾아 제공해야 한다. 제공한 나의 능력은 나에게 다시 돌아오는 기적을 만나게 된다.

오늘의 한마디

잠깐의 시간이 난다면

책을 읽어보세요.

하나의 주제에 관하여

작가가 전하고 싶은

다양한 생각이 정리되어 있답니다.

태 풍
변 화

태풍은 비와 바람으로 영향을 준다. 큰 피해를 가져다주기도 한다. 발생하는 지역에 따라 사이클론, 허리케인 등으로 불리기도 한다. 반면에 태풍의 눈은 고요하다. 맑은 날씨를 보인다. 심지어 바람도 없다. 태풍의 중심에 있으면 주변 일을 모를 수도 있다. 피해를 당하고 있는데 알지 못해서다. 모를 때가 가장 위험하다. 곧 피해가 발생할 수 있기 때문이다. 태풍이 움직이면서 태풍의 눈도 함께 움직인다.

모르는 사람이 가장 용감하다. 어떤 일이든 하고 싶은 대로 진행하기 때문이다. 규칙이나 처리 방법과는 관계없다. 이런 경우를 막무가내라고 한다. 전후 관계나 앞뒤 상황을 고려하지 않고 무작정 밀어붙인다. 문제가 생기면 나 몰라라 하는 경우도 있다. 자신이 의도하지 않은 것이라 하기도 한다. 다른 사람들에게 피해만 주고 자신은 책임도 지지 않는다.

자신이 해야 할 일과 하지 말아야 할 일을 구분해야 한다. 주변을 살펴보면 성인이 되었음에도 이러한 상황을 구분하지 못하는 경우도 있다. 나설 때와 나서지 말아야 할 때만 구분해도 중간은

간다. 시간이 흐르면 생각이 변화한다. 바뀌는 환경에 적응할 필요도 있다. 우물 안 개구리가 설쳐대는 이유는 하나다. 자신이 보는 관점과 시각이 정확하다고 믿기 때문이다. 다른 사람의 생각은 안중에도 없다.

한 가지 생각해 볼 문제도 있다. 어떠한 일을 처리할 때 뛰어나거나 뒤처지는 것은 한 끗 차이다. 누군가에게 도움이 될 수 있을지 없을지를 결정하는 것도 마찬가지다. 자신의 입장만 생각하고 행동하면 다른 사람에게 이득 되는 것은 없다. 주변 사람들에게 피해를 주기도 하지만 결국 나에게 다시 돌아온다. 함정이다. 함정에 빠지기 전에는 자신도 잘 모른다. 태풍의 눈처럼 말이다.

삶을 살아가면서 끊임없이 해야 할 일이 있다. 배우는 일이다. 사회는 변화한다. 계속해서 새로운 물건이나 프로그램이 나온다. 계속 배워도 끝이 없다. 꾸준히 노력하고 시도하지 않으면 언젠가는 도태된다. 새로운 상황을 배우고 미래를 준비해야 하는 이유다. 지금은 평화롭게 느껴질 수 있지만 곧 상황이 변화할 수 있다. 지금 가지고 있는 것이 영원하지 않기 때문이다.

오늘의 한마디

어제는 날씨가 좋다가

오늘은 비가 온다네요.

내일 날씨는 어떨까요?

연휴의 시작인데

좋은 날씨가 이어지기를 바랍니다.

방화
소 잃고 마구간 고친다

  방화란 일부러 불을 내는 것을 말한다. 지하철 5호선에서 방화가 일어났다. 오늘 아침의 일이다. 토치와 기름통을 들고 방화를 했다고 한다. 다행히 불은 크게 번지지 않았지만, 여러 사람들이 병원으로 이송되었다. 큰 사고가 아니길 바란다. 방화 용의자도 체포되었다. 철저한 수사와 함께 처벌해야 한다. 많은 사람들에게 피해를 주는 행동에 대한 대가를 치러야 한다.

  꽤 오래전 일이다. 2003년 2월 18일 대구 지하철 화재가 있었다. 참사라고 칭하기도 한다. 190명의 사망한 사람들과 다친 사람들이 150여 명 발생한 사고다. 방화로 인한 사고는 엄청난 인명피해로 이어질 수 있다. 특히 지하철과 같은 밀폐된 곳에서는 더 심각하다. 다시는 이 땅에서 비슷한 상황이 벌어지지 않도록 대책이 필요하다. 유사한 상황이 발생하지 않아야 한다.

  다른 사고도 마찬가지다. 잊을만하면 비슷한 사고가 발생한다. 건축 중이던 건물이 무너지는 일도 있다. 비행기가 이륙 또는 착륙하다가 사고가 발생하기도 한다. 사고에 대한 대비책이 미비하다면 예방할 수 있는 대책을 세워야 한다. 소 잃고 외양간 고친다는 말은 괜히 있는 말이 아니다. 비슷한 피해가 발생하지 않도록 예방하고 대비하는 자세가 필요하다.

가끔 보면 소 잃고 마구간을 고치는 예도 있다. 문제의 원인을 잘못 찾아내어 엉뚱한 처방을 내리는 경우다. 의혹으로 제기되는 각종 사고를 현실로 착각하기도 한다. 일부 사람들의 잘못된 정보를 그대로 믿어버리기도 한다. 이러면 비합리적 신념이 생기기도 한다. 그릇된 정보는 오판하게 만든다. 거짓 정보와 사실을 구분할 수 있는 능력이 필요한 이유다.

하루에도 수많은 정보가 쏟아져 나온다. 정보의 양을 통제할 수 있는 것은 아니다. 그중에는 잘못된 정보도 있다. 거짓 정보를 구분해 내는 능력을 갖출 필요가 있다. 자기 행동을 책임지는 사람은 본인이다. 스스로 윤리적으로 바람직한 내용인지 아닌지를 구분해야 한다. 중요한 것은 누가 알려주지 않는다는 데 있다. 본인이 스스로 판단해야 하는 이유다.

오늘의 한마디

문제의 원인이 자신에게 있는 것도 있습니다.

남 탓을 먼저 할 것이 아니라

자신이 잘못한 일은 없는지 확인해 보세요.

바늘 도둑
관 점

'바늘 도둑이 소도둑 된다.'라는 말이 있다. 이 말은 반은 맞고 반은 틀렸다. 나쁜 버릇은 지속되면 큰 해를 부른다는 말은 맞다. 사소한 것도 잘못된 행동이라면 고쳐야 한다는 말이다. 잘 생각해 보자. 바늘 도둑은 소도둑이 될 수 없다. 바늘은 실을 꿰어서 사용해야 한다. 바느질할 때 사용한다. 바늘은 실이 없으면 사용할 수도 없다. 결국 바늘을 훔친 사람은 실은 가지고 있을 수 있다.

소는 풀을 먹는 동물이다. 포유류에 속한다. 사람들이 주로 먹는 고기 중 하나이다. 소의 가격이 높기도 하고 좋은 식감에 선호하는 사람들도 많이 있다. 바늘은 소와 영역이 다르다. 전혀 맥이 닿지 않는다. '바늘 도둑이 소도둑 된다.'라는 말은 과장되어 있다. 바늘과 소의 연결 자체가 불가능하다. 과장하여 이야기하는 말이다. 성급한 일반화의 오류에 해당하기도 한다.

자신의 관점으로 모든 사람의 행동을 맞추면 안 된다. 일상생활을 하다 보면 작은 일을 과장하여 크게 이야기하는 경우가 있다. 당사자는 의도하지 않았음에도 상대방의 의도대로 덮어씌우는 일도 있다. 진실은 본인만 알고 있다. 누군가에게 이야기하지 않고 일을 진행했다면 말이다. 상대방의 의도와 행동을 자신의 기준에 맞추어 해석하면 안 된다. 어리석은 행동이다.

도둑은 바늘부터 소까지 모든 물건과 동물을 훔쳐 갈 수 있다. 도둑질은 다른 사람에게 비용을 내지 않고 물건을 가지고 가는 행동을 말한다. 도둑질할 때는 돈이 되는 물건은 닥치는 대로 가지고 갈 수 있다. 도둑은 왜 도둑질을 할까? 물건을 소유하는 데 필요한 것은 돈이다. 자신이 힘들게 번 돈으로 물건을 구매해서 사용해야 한다. 결국 정당한 대가를 지급할 능력이 없거나 대가를 지급하지 않으면 도둑이다.

경제적으로 풍요로운 삶을 살기 위해서는 어떠한 일을 해야 할까? 생산적인 일을 해야 한다. 글을 쓰는 것이 생산적인 사람들도 있다. 유명한 작가들은 글을 쓰면 경제적으로 풍요로워지기도 한다. 생활 속의 글을 쓰고 자신의 감정을 남기는 사람들도 있다. 돈이 목적이 아닌 경우다. 이들은 경제적인 목적으로 글을 쓰지 않는다. 감정적으로 풍요롭고 여유 있는 삶을 살아갈 수도 있다. 우선 자기만족이 이루어져야 한다.

오늘의 한마디

평범한 일상이 행복으로 느낄 수 있도록
만족감이 높은 하루 보내시기를 바랍니다.

5,000원
쿠팡

5,000원에 육개장 사발면 36개를 살 수 있다면 어떻게 할까? 대부분의 사람이 사려고 할 것이다. 실제 쿠팡에서 이런 일이 일어났다. 이벤트로 판매한 것이 아니다. 알고 보니 실수로 이렇게 판매되었다. 개당 140원이다. 쿠팡에서 12시간이 지난 후 이 내용을 파악했다. 이미 주문이 30만 건 넘게 진행된 후였다. 배송이 이미 된 경우도 있었다. 배송이 되지 않은 경우는 쿠팡캐시를 지급하는 선에서 마무리가 되었다.

고객과의 약속을 지키기 위해 일정 부분 손해를 감수했다. 쿠팡의 긍정적인 대처는 고객의 신뢰를 얻었다. 최근 중국 업체의 진출로 온라인 쇼핑몰의 매출이 주춤했다. 쿠팡의 대처는 신선한 자극이 되었다. 온라인 커뮤니티에서도 쿠팡의 대처는 빛났다. 다음에 이런 실수가 있지는 않을 것이다. 그럼에도 불구하고 시간만 나면 쿠팡에서 물건을 구매하려는 사람들이 늘어났기 때문이다.

최근 온라인 쇼핑몰 운영이 어렵다. 코로나19 시기에 비교해서 매출이 많이 줄었다. 어찌 보면 당연한 일인지도 모른다. 사람들의 삶이 예전으로 회복되었다. 온라인 쇼핑몰을 그만큼 이용하지 않는다. 중국의 알리 익스프레스나 테무와 같은 쇼핑몰의 진출은 신선한 자극이 되기도 했다. 배송료를 없애거나 총알 배송 등의 방법으로 어려움을 극복하려고 노력하고 있다.

시장은 흐름이 존재한다. 일종의 유행이라고 보면 된다. 흐름을 타지 않거나 대세를 거스르는 경우는 독자적인 생존이 가능한 경우다. 흐름에 편승하기 위해서는 부단한 노력이 필요하다. 자신만의 노하우가 있어야 하는 이유다. 부단한 노력이 있어야 자신만의 노하우를 만들어낼 수 있다. 익숙함은 이를 가능하게 한다. 누군가에게 도움이 되는 삶을 살고 싶다면 끊임없이 노력해야 한다.

노력한다고 모든 일이 이루어지지는 않는다. 어디에 초점을 맞추는지도 중요하다. 목적을 이루기 위해 방향을 설정해야 한다. 일을 진행할 때는 설정한 방향이 정확한지를 파악해야 한다. 목적을 달성하려면 진행이 가능한 단위를 세부적으로 쪼개야 한다. 세부적인 목표를 설정하고 진행하면 된다. 하나씩 천천히 진행하다 보면 목적을 달성할 수 있다. 중요한 것은 꾸준함이다. 끈기가 필요한 이유다.

오늘의 **한마디**

육개장 사발면이 당근에서 팔리고 있네요.

아마도 쿠팡의 여파인가 봅니다.

누군가는 손해를 보고

누군가는 이득을 보는 구조입니다.

정신 똑바로 차리자!

도미노 게임
홈플러스

홈플러스가 기업 회생 신청을 했다. 최근 대형 마트의 판매 부진과 관련한 뉴스가 늘었다. 특히 코로나19 이후 급격히 변화했다. 인터넷을 통한 물건 구매가 더욱 늘어났다. 중국에서 운영하는 테무나 알리 익스프레스의 영향으로 인터넷쇼핑몰에서도 저가 경쟁이 심화되고 있다. 대형 식자재마트나 대형 마트를 대체할 수 있는 곳이 생겨나는 이유도 있다.

홈플러스 사태로 인하여 납품을 중단하거나 손절하는 상황도 발생하고 있다. 물품의 대금을 받지 못할 수 있기 때문이다. 판매하는 물품이 줄어들면 자연스럽게 사람들의 발길로 줄어들게 된다. 정상적인 매장 운영이 어렵게 된다. 점점 악순환이 반복된다. 홈플러스에 입점한 매장의 점주들에게도 대금 지급이 안 되고 있다고 한다. 총체적인 난국이다.

홈플러스에서 일하고 있는 직원들의 월급도 지급되지 않고 있다고 한다. 홈플러스 상품권은 정상적으로 사용이 가능하다고 한다. 빠르게 사용하는 것이 좋겠다. 어떻게 될지 아무도 모르기 때문이다. 얼마 전 있었던 티메프 사건과 비슷하게 흘러가는 형국이다.

이번 홈플러스 상황이 되도록 빠른 시간에 해결되기를 바란다. 연쇄적으로 피해를 보는 사람들이 많아질 수 있기 때문이다.

국민연금에서도 홈플러스에 투자한 금액이 상당하다. 결국 국민연금의 피해도 예상된다. 홈플러스와 같은 큰 업체가 문제가 생기면 그곳과 관련한 영세한 업체들이 피해를 본다. 연계된 자영업자는 더욱 큰 피해를 볼 수밖에 없다. 모든 재산이 투자되었을 수도 있다. 상황에 따라 회복할 수 없기도 하다. 더욱 열악한 상황으로 변질될 수 있다. 개인들에게 피해가 전가되지 않도록 적극적으로 해결하려고 노력해야 한다.

도미노 게임을 살펴보자. 처음에는 작게 시작한다. 하나의 블록이 넘어지고 연계된 블록이 순차적으로 넘어진다. 이후 걷잡을 수 없이 퍼지게 된다. 물론 도미노의 연쇄작용을 멈추는 방법도 있다. 이후 넘어지는 블록이 영향을 입지 않도록 몇 개의 블록을 제거하면 된다. 급한 처방이 필요하다면 빠르게 개입해야 하는 이유다. 국민 대다수가 피해를 보지 않도록 해야 한다.

오늘의 한마디

국민 경제가 좋지 않습니다.

코로나19 때보다 더 심각하다고 하죠?

빠르게 불확실성이 제거되면 좋겠습니다.

희망
정의

미래를 생각해 보자. 떠오르는 단어가 몇 가지 있다. 그중의 하나는 희망이다. 희망이란 어떤 일을 이루거나 하기를 바라는 것을 말한다. 미래를 말할 때 쓰인다. 현재 발생한 일을 바탕으로 어떤 기대나 바람을 이야기할 때에도 쓰인다. 희망이 없으면 미래도 없다. 희망이 없다면 아무리 노력해도 얻을 수 있는 것이 없기 때문이다. 여러 가지를 생각해 보고 앞으로 잘 될 수 있는 게 무엇인지 구상해 보는 것도 좋겠다.

미래를 알고 있는 사람은 아무도 없다. 사회를 구성하고 운영하는 입장에서도 마찬가지다. 국가를 살펴보자. 소수의 사람이 방향을 결정하고 이끌어간다. 모든 국민이 스스로 국가를 운영하는 것은 사실상 불가능에 가깝다. 국민은 소수의 사람에게 국가의 권력을 위임한다. 특정한 몇 명이 국가를 운영할 수 있는 권한을 부여한다.

국가는 대통령제나 의원내각제 등의 방식으로 운영된다. 이를 유지하는 데 필요한 것이 있다. 각종 법과 시행령이다. 줄여서 법령이라고 부르기도 한다. 법령만 있다고 사회가 유지되지 않는다. 사람들 간의 사회적 합의가 있어야 한다. 사회적 합의가 이루어지지 않는 경우 큰 혼란을 초래할 수 있다. 정의롭다고 하는 말은 사람들 간의 약속에서 이루어진다.

정의란 진리에 맞는 도리를 말한다. 법과 원칙을 바탕으로 공정하게 처리하는 것을 말하기도 한다. 정의의 특징은 여러 가지가 있다. 정의는 시간이 흐름에 따라 변하지 않아야 한다. 정권이 바뀌거나 가치판단의 기준이 변화해도 결정에 변화가 없어야 정의로운 일이다. 사회 구성원들이 공정하고 올바른 결정을 할 수 있어야 하기 때문이다.

트롤리 딜레마에 관하여 생각해 본 적이 있다. 빠르게 달려오는 기차가 있다. 그대로 두면 5명의 사람이 사망할 수 있다. 궤도를 바꾸면 작업 중인 한 사람만 사망한다. 어떠한 선택을 할 것인가? 나의 가치 판단으로 사람들의 운명이 갈린다면 어떻게 해야 할까? 한 사람만 사망한다면 나의 선택은 옳은 것인가? 사람의 목숨을 숫자로 계산하는 것이 맞는 것인가? 정의란 무엇인지 다시 한번 생각해 볼 필요가 있다.

오늘의 한마디

다수의 선택이 항상 옳지는 않습니다.

어떠한 결정이 나오더라도

승복해야 하는 이유는

더 나은 대안이 제시되기 어렵기 때문입니다.

미래를 위한 현명한 결정이 나오기를 소망합니다.

그것이 정의이기 때문입니다.

에필로그

소를 잃더라도 외양간을 고치는 마음으로

이 책의 마지막 페이지를 넘기는 여러분께 묻고 싶습니다. 오늘 하루, 여러분의 마음은 안녕하셨나요?

글을 맺으며 되돌아보니, 저의 삶 또한 끊임없는 '정리'의 연속이었습니다. 주말마다 떠나는 캠핑에서 비바람에 텐트 폴대가 부러지고 고정 부위가 찢어지는 돌발 상황을 겪으며, 저는 '제때' 관리하는 법을 배웠습니다. 귀찮다는 이유로 "다음에 해야지" 하고 미루다가는 결국 다음 여행 자체를 떠나지 못 하게 된다는 사실을 말입니다. 우리 인생도 마찬가지 아닐까요? 고장 난 밥솥이 압력을 견디지 못하고 김을 내뿜을 때까지 방치하기보다, 조금이라도 이상 신호가 올 때 마음을 살피고 수리해야 합니다.

많은 이들이 '소 잃고 외양간 고친다.'라며 뒷북 치는 행위를 비웃곤 합니다. 하지만 저는 생각합니다. 소를 잃었을 때라도 외양간을 고쳐야 그다음 소를 지킬 수 있다고 말입니다. 비록 예기치 못한 실패와 사고가 우리를 덮치더라도, 그 안에서 인과관계를 찾고 대책을 마련하는 과정이 있다면 그것은 더 이상 실패가 아닌 '성숙'의 나이테가 됩니다.

관계를 맺을 때 'T라 미숙한' 논리보다는 따뜻한 공감을 먼저 건네고, 5,000원의 실수로 30만 건의 주문을 감당해야 했던 기업의 대처에서 신뢰의 가치를 발견하며, 저는 매일 조금씩 세상을 배웁니다. 새벽 5시, 묵직한 수면 부족의 무게를 견디며 3년여가 넘는 기간에 글을 써 내려간 동력은 바로 이러한 일상의 사소한 발견들이었습니다.

인생에는 정말 '다 때가 있습니다.' 인사를 해야 할 때, 사과를 해야 할 때, 그리고 무엇보다 나 자신을 위해 모든 짐을 내려놓고 쉬어야 할 때 말입니다. 1,000페이지가 넘는 벽돌 책도 하루 10페이지씩 읽으면 100일 만에 완독할 수 있듯이, 여러분의 변화도 거창한 결심이 아닌 오늘의 작은 루틴에서 시작될 것입니다.

익숙함이 싫증이 아니라 새로움으로 다가오는 기적을, 그리고 마침내 찾아올 여러분만의 개운한 '때'를 저 또한 설레는 마음으로 함께 기다리겠습니다.

오늘 하루도 정말 고생 많으셨습니다.
이제 편안한 휴식의 시간으로 여러분을 초대합니다.

글쓴이 김태훈. 끝.